Daniela Noitz

Die Heilerin

Roman

Impressum:
Copyright @ 2013
Daniela Noitz
daniela.noitz@a1.net
ISBN-13: 978-1493548378
ISBN-10: 1493548379

INHALTSVERZEICHNIS:

1. WOHIN WIR GEHEN — 3

2. WO WIR UNS NIEDERLASSEN UND VERWEILEN — 35

3. WOHIN WIR ZURÜCKKEHREN — 60

4. WOHIN WIR UNS WENDEN — 81

5. WO WIR ANKOMMEN — 110

6. WO WIR UNS VERLIEREN — 160

7. WO WIR UNS FINDEN — 197

WEITERE BÜCHER DER AUTORIN BEI AMAZON: — 203

1. Wohin wir gehen

Langsam kam sie zu sich und setzte sich automatisch auf. Wie ihr Kopf schmerzte. Da war etwas hinter ihr, etwas Festes, gegen das sie sich lehnte. Es war der Stamm einer alten Eiche. Der Regen war es, der sie geweckt hatte, und der das einzige war, das sich in dieser Nacht zu regen schien, in dieser düsteren, verworrenen Nacht. Was war geschehen? Warum lag sie hier am Waldrand?
Angestrengt blinzelte sie hinaus in die Stille, versuchte zu erkennen. Die Nacht war von einem matten, trüben Licht erfüllt, dicke Regenwolken versperrten die Sicht auf den Mond und die Welt lag in einem diffusen Licht.

Warum nur schmerzte ihr Kopf gar so sehr? Langsam kam sie wieder, die Erinnerung an die letzten Stunden. Da war der Mann, dessen Frau sie geheilt hatte.
„Ich möchte, dass Du von hier verschwindest, für immer, damit Du niemandem im Dorf mehr das antun kannst, was Du uns angetan hast. Niemand will Dich hier haben!", schrie Hartmut sie an.
„Was ich ihr angetan habe? Nun, ich habe sie gesund gemacht, also beruhige Dich und erzähl mir was Dich wirklich bedrückt", bot Nastasja ihm an, doch er wollte sich nicht beruhigen, wollte festhalten an dem, was ihm die anderen im Dorf zu halten gegeben hatten, kurz zuvor noch im Wirtshaus, an diesem Abend, und an etlichen Abenden zuvor.

„Sie ist eine Hexe", flüsterten sie ihm zu.
„Aber meine Frau, die hat sie gesund gemacht, nachdem alle Ärzte versagten. Endlich geht es ihr wieder gut und das verdanken wir nur Nastasja. Wie kommt ihr nur auf so einen Gedanken? Habt ihr meine Frau gesehen? All die Jahre, und jetzt, es ist wie ein Wunder", wandte Hartmut ein.
„Du sagst es, wie ein Wunder, doch Wunder, die vollbringen nur der liebe Gott oder der Teufel, und die, die mit ihnen im Bunde stehen. Mit Gott kann sie nicht im Bunde sein, denn das gebührt nur dem Herrn Pfarrer. So kann es nur aus der Hölle kommen, und dorthin will sie Dich holen, Dich und Deine Frau und Deine ganze Familie", flüsterten die Stimmen weiter. All die namenlosen Stimmen, die sich zu einer Masse vereinigten, in der sie sich stark wähnten. Alle waren der gleichen Meinung. Da konnte es nur richtig sein. In der Masse und laut gesprochen erhält eine Aussage Gültigkeit und Wahrheit.
„Als erst hat sie Deine Frau krank gemacht, und natürlich wusste nur sie, wie sie wieder gesund werden konnte", flüsterten die Stimmen der Menge, raunten, schmeichelten, und ließen nicht nach.
„Aber es wird nicht lange anhalten. Sie wiegt Dich in Sicherheit, und dann wird es schlimmer als je zuvor, und dann musst Du sie wieder in Dein Haus holen, so lange, bis ihr ihr alle verfallen seid, alle dem Teufel verfallen seid", säuselten die Stimmen, und je mehr er hörte, desto mehr glaubte er.

„Sie ist eine Hexe, eine Dienerin der Finsternis", wiederholten sie wie ein Mantra, und es sagten alle. Es musste stimmen. So lange redeten sie auf ihn ein, bis er sich aufmachte zu ihrem kleinen Haus am Rande des Dorfes. Der Alkohol hatte ihm Mut gemacht. Den brauchte er auch, denn Nastasja war eine große, starke Frau.
„Pass nur ja auf, wenn Du hingehst, sie manipuliert Dich", gaben sie ihm als Ratschlag mit auf den Weg.
„Schau ihr nicht in die Augen und schenke ihren verführerischen Worten keine Beachtung. Sie ist wie eine Sirene, die die Seefahrer in den Tod treibt. Jetzt sitzt sie am Land fest, doch ihr Ziel ist das gleiche", ermahnten sie ihn, und endlich hatte er sich ermannt. Alle, alle hatten es gesagt, und was alle sagen muss wahr sein. Was wäre das für eine Welt, in der man sich nicht mehr auf die Meinung der Mehrheit verlassen könnte? Es ist doch ziemlich unwahrscheinlich, dass alle auf einmal Unrecht hatten, die falsche Conclusio schlossen. Die Masse hat immer Recht, davon war er überzeugt. Schon in der Schule hatte das gegolten, und das hatte er mitgenommen.

„Ich gehe nicht, denn ich möchte den Menschen helfen, auch wenn Du das vielleicht noch nicht verstehst", entgegnete Nastasja ruhig.
„Du bist eine Hexe, eine Dienerin der Finsternis", wiederholte Hartmut sein Mantra, und vermied es ihr zuzuhören, vermied es ihr in die Augen zu sehen, doch

Nastasja wollte und wollte nicht aufhören zu reden, mit ihrer sanften, einnehmenden Stimme, wollte nicht aufhören ihn zu bezirzen. Sie sollte doch einfach nur ruhig sein, nur ruhig. Wieso konnte sie nicht einfach den Mund halten? Das Mantra in seinem Kopf schien so fest zu setzen, doch sie sprach dagegen. Allein war sie mit ihrer Meinung, die trotz ihrer Schlichtheit so überzeugend auf ihn wirkte. Die, die anderer Meinung waren, das waren viele gewesen. Eine einzelne Meinung konnte nichts gelten gegen die Vielen. Eine einzelne Stimme konnte nicht überzeugen, wie die vielen. Und doch redete sie immer weiter und weiter auf ihn ein, umschlang das Mantra, ließ es fadenscheinig und leer erscheinen. Das konnte er nicht zulassen. Hätte sie doch einfach den Mund gehalten!

Da nahm er ein Holzscheit, das im Kamin lag und schlug sie nieder. Endlich war sie ruhig. Er ließ entsetzt das Scheit fallen, das noch brannte und rannte davon. Rasend schnell griff das Feuer um sich. Hartmut rannte, rannte so schnell er konnte. Er wusste, dass es nicht richtig war, was er getan hatte. Deshalb rannte er davon, vor seiner Tat davon. Nichts hören und nichts sehen und vor allem nichts mehr wissen wollte er. Es konnte ein anderer, irgendjemand gewesen sein, nur nicht er. Hinter sich lassen und vergessen, das war sein Ziel. Ob das noch funktionierte, dass er nicht da war, wenn er sich die Hand vor die Augen hielt? Es käme auf einen Versuch an. Schweißgebadet und leichenblass war er, als er im Wirtshaus eintraf. Da waren sie noch immer versammelt, die Vielen, die ihm das Mantra in den Kopf gesetzt hatten.

„Was ist geschehen?", wollten sie von ihm wissen.

„Hast Du ihr so richtig die Meinung gesagt?", fragten sie, doch vor allem galt ihrem Interesse die Antwort auf die eine Frage: „Wird sie unser Dorf verlassen und uns endlich in Ruhe lassen?"

„Ich denke schon", entgegnete Hartmut kurz angebunden, und dann trank er, so viel wie noch nie in seinem Leben, aber er schaffte es nicht die Bilder aus seinem Kopf zu bekommen und die bange Ungewissheit ob Nastasja in den Flammen umkommen würde.

Dabei konnte es keinen Zweifel darüber geben, dass genau dies geschehen war. Ohnmächtig hatte er sie geschlagen. Wie hätte sie den Flammen entkommen sollen? Dann hatte er sie doch auf dem Gewissen. Aber wer weiß, vielleicht war ein Wunder geschehen und die dunklen Mächte, mit denen sie im Bunde stand, hatten sie gerettet. Dann, ja dann war es gewiss, dass sie eine Hexe war, denn nur der Teufel konnte sie jetzt mehr retten. Und wenn sie verbrannte? Dann würden sie wissen, dass sie unschuldig war, trotzdem die Masse es besser zu wissen meinte. Es war genau dieselbe Logik, die angewandt wurde als man die Verbrennung zahlloser unschuldiger Frauen rechtfertigen wollte, damals, zur Zeit der Hexenverbrennungen. Der einzige Unterschied bestand darin, dass man damals sein

Gewissen damit beruhigen konnte, dass diese Frau nun von allen Sünden reingewaschen in den Himmel aufsteigen würde. Gott selbst hatte sie rehabilitiert, indem er sie sterben ließ. Doch heute konnte das nicht mehr funktionieren. Die Zeit des Aberglaubens war vorbei. Oder doch nicht?

Hartmut war davongelaufen, so schnell er konnte. Nicht ein einziges Mal sah er zurück, denn sonst hätte er vielleicht einen Schatten gesehen, der sich vom Wald aus auf das Haus zubewegte, rasch und lautlos, hätte gesehen, dass dieser Schatten wieder zum Vorschein kam, größer als zuvor, doch er hatte nicht mehr zurückgesehen, und der Schatten wanderte wieder zurück zum Waldrand, nur ein wenig langsamer als zuvor. Er war größer geworden.

Nastasja war am Waldrand aufgewacht, mit fürchterlichen Kopfschmerzen, doch sie in Sicherheit, vorerst zumindest. Irgendwer musste sie aus dem Haus gebracht haben, hierher an den Waldrand, denn das brennende Scheit, das Hartmut hatte fallen lassen, steckte das Haus in Brand. Selbst in solch einer Nacht, in der das Licht diffus war, konnte sie erkennen, dass von ihrem Haus nichts weiter als ein Haufen Schutt und Asche übriggeblieben war, und das nur aus dem einen Grund, weil sie versuchte den Menschen zu helfen. Musste es denn wirklich so sein oder könnte es einen Ort auf der Welt geben, bloß einen einzigen, an dem ihre

Hilfe ohne Bedenken angenommen wurde? Nastasja war bereit es zu versuchen, diesen Ort zu suchen und dort neu anzufangen.

* * *

Mit geradezu wahnwitziger Geschwindigkeit raste er durch die Nacht. Er schien die Straße mehr zu erfühlen, als dass er sie sah, aufgepeitscht und aufgestachelt durch diese maßlose Wut, die nur noch vom Schmerz übertroffen wurde, der in seinem Inneren wütete. Stockdunkel war die Nacht und er schien es herauszufordern, doch bis jetzt war sein Auto noch nicht von der Straße abgekommen. „Da geht noch ein wenig mehr", dachte er, als er noch fester aufs Gaspedal trat.

„Liebe? Was Du für einen Unsinn redest. Du hast allen Ernstes gedacht, dass ich Dich liebe?", hörte er die hämische Stimme seiner Frau in seinem Kopf. Ja, er hatte es tatsächlich geglaubt, musst er sich eingestehen. Aber was hätte er sonst glauben sollen? Sie hatte ihn geheiratet und wie einen König behandelt, hatte ihm geschmeichelt und ihn verwöhnt, mit all ihrer Weiblichkeit. Was bitte hätte er sonst annehmen sollen? Sonja war eine jener Frauen, die einzunehmen verstanden, die einen Mann ganz und gar in ihren Bann zu ziehen vermochten, um ihm dann das Geld aus der Tasche zu ziehen. Und die Frau, die nun in Nathanaels

Erinnerung, vor ihm stand, war eine ganz andere, als die, die er bisher gekannt hatte.

„Du weißt", sagte sie ruhig und so kalt, dass ihm schier das Blut in den Adern gefror, „alles was mich an Dir interessierte war Dein Geld und all die Möglichkeiten, die sich mir dadurch eröffneten. Ich habe es nie verhehlt." Es stimmte, sie hatte es ihm nie verhehlt, aber er hatte es nicht geglaubt oder wollte es nicht glauben. So wie sie das damals gesagt hatte, mit diesem kleinen anzüglichen Lächeln auf den Lippen, da klang es wie ein kleiner, törichter Scherz. Er hatte es nicht ernst genommen, was er doch unbedingt sollte, wie er jetzt feststellen musste. „Aber alles was Du getan hast. Du warst so sanft und lieb und anschmiegsam", entgegnete er verdutzt. „Das war doch auch nur fair. Es war ein Geschäft, ein gutes Geschäft, denn jeder von uns kam auf seine Rechnung. Du zahltest mit Geld und ich mit meiner Dienstleistung. So ist es im Leben. Immer und überall ist es so. Jede Beziehung, ob die der Mutter zu ihrem Sohn oder der Tochter zu ihrem Vater, ob die der Großmutter zu ihren Enkeln oder die der Enkel zu ihrer Großmutter, ob die des Freundes zu seinem Freund, immer ist es letztendlich eine geschäftliche Beziehung, ganz egal in welcher Währung gezahlt wird, ganz egal für welches Gut gezahlt wird, immer wird etwas gekauft und verkauft, und die Beziehungen halten am längsten, wo dieses Verhältnis nachhaltig aufrechterhalten wird.", erklärte sie ihm ernst. „Du willst also sagen, dass nichts echt ist?", fragte er entsetzt. „Viele glauben daran, machen sich allzu lange was vor, aber letztendlich kommt es aufs Gleiche heraus, ob man es sich nun eingesteht oder nicht, ob man es in schöne Worte wie in Watte packt oder ob man die Realität sieht, immer ist das Gleiche", erklärte sie ihm ruhig und gelassen.

„Aber was willst Du dann von mir? Willst Du Dich von mir scheiden lassen und mir die Hälfte meines Vermögens wegnehmen? Soll mir recht sein, morgen lassen wir uns scheiden!", entschied er. „Nein, mein Lieber, so einfach kommst Du mir nicht davon. Ich werde mich nicht mit der Hälfte begnügen, ich will alles!", sagte sie voller Überzeugung, „Ich werde der Welt beweisen, dass Du verrückt bist. Dann kommst Du in eine Anstalt, wirst entmündigt und mir die Vormundschaft übertragen, als Dein treusorgendes und Dich liebendes Eheweib, und dann, dann gehört mir alles. Und Du, Du wirst für immer in dieser Anstalt sitzen."

Hoch erhobenen Hauptes stand sie vor ihm. Mit ihren hochhackigen Schuhen war sie genau so groß wie er, so dass sie sich direkt in die Augen sahen, auf gleicher Höhe. „Warum bist Du nur so herzlos? Ich habe Dir doch alles gegeben … Und ich liebe Dich", warf er ein. „Schon wieder das. Das hatten wir doch schon. Ja, Du hast mir alles gegeben, und jetzt nehme ich mir noch den Rest. Nichts und niemand wird mich von meinem Vorhaben abbringen", sagte sie trocken, während sie ihm immer noch unverwandt in die Augen sah, mit diesen eiskalten, mitleidslosen Augen.

Und er wusste sich nicht mehr zu helfen, wusste keinen Rat und keinen Ausweg, außer dem einen. Er wollte, dass diese Augen ihn nicht mehr ansahen, dass dieser Mund ihm keine Lügen mehr erzählen konnte. So fasste er ihren Hals und drückte zu. Wie einfach das ging. Sie wehrte sich nicht. Ein wenig zappelte sie noch, doch nach und nach hörte auch dieses Zappeln auf und ihr Körper wurde schwer. Seine Hände ließen los und ihr schlaffer, lebloser Körper fiel wie ein Stein zu Boden

Und dann raste er los, hinaus in die Nacht. „Alles, alles hatte er ihr gegeben. Alles, alles hätte er für sie getan, und dann das", dachte er, während er mit dem Auto durch die Nacht davonraste. Auch die Kurve hatte er noch geschafft, aber vielleicht würde ihn die nächste ausspeien. Nichts war ihm geblieben, nicht einmal der Mut seinem Leben schnell und ohne Aufsehen ein Ende zu setzen, das doch schon am Ende war. Mit ihr hatte er alles verloren, was er je in seinem Leben geliebt hatte.

* * *

Nastasja saß noch immer an den Baum gelehnt, mit vom Regen durchnässten Kleidern und diesem grausamen Pochen in ihrem Kopf. Behutsam strich sie durch das Fell ihres zahmen, weißen Wolfes. „Du hast mich gerettet", dachte sie, „Du hast mich aus den Flammen herausgezogen und hierher gebracht." Ruhig lag der Wolf da. Keine Regung zeigte er. Niemals war er in ihr Haus gegangen, denn er mochte die Menschen nicht, traute ihnen nicht, keinem einzigen, außer ihr. Und da drinnen in dem Haus, da hätte er sich eingesperrt gefühlt, und es roch da drinnen so sehr nach Mensch. Doch er war immer in ihrer Nähe.

Es war mittlerweile ein paar Jahre her. Damals hatten die Menschen des Dorfes beschlossen die Wölfe auszurotten, weil sie meinten, dass sie es waren, die ihr ganzes Vieh fraßen. Es war aber nicht wahr. Nur die kranken und siechen Tiere holten sich die Wölfe, die, die nicht die Kraft hatten bei ihrer Mutter zu trinken, also die, die sowieso verendet wären.

Nastasja hatte versucht es ihnen zu sagen, aber sie hörten nicht auf die Stimme der Vernunft, die immer so leise und unspektakulär ist. Niemals hörte der Pöbel auf die Stimme der Vernunft, denn dort draußen, dort war der böse Feind, den es zu vernichten galt, und wo sonst könnte ein Mann in der heutigen Zeit noch seine Männlichkeit unter Beweis stellen, als mit dem Gewehr in der Hand, allein auf sich gestellt gegen die wilde Bestie. Doch diese Bestie wusste nichts von ihrem Bestie-Sein und zeigte zunächst keinen Argwohn, bis die erste von ihnen darniederlag, in ihrem Blut. Dann griffen sie an, und bestätigten die Meinung, die die Menschen über die Wölfe gehabt hatten. Nichts als blutrünstige Bestien waren sie in den Augen dieser Menschen. In Scharen kamen die Männer in den Wald, mit ihren Gewehren und ihren Hunden und töteten so lange, bis sie meinten, dass keiner mehr übrig war. Keinen Moment der Ruhe hatten die Wölfe mehr. Von Anfang an hatten sie keine Chance gehabt, gegen diese Masse, die sich plötzlich zu organisieren wusste gegen den gemeinsamen Feind.

So wurden innerhalb weniger Tage alle Wölfe ausgerottet, alle, bis auf einen. Denn es war Frühling, und ein Junges hatte überlebt. Nastasja war in den Wald gegangen, wie sie es gewohnt war. Sie trauerte, um die Toten und um die, die den Tod gebracht hatten. Da fand sie ihn, den letzten seiner Art.

Ein kleines Knäuel Fell, lag er, am ganzen Körper zitternd, gut versteckt vor den Mördern, neben seiner toten Mutter. Vielleicht hatte er noch versucht zu trinken, doch da kam nichts mehr. Vielleicht hatte er ihr das Maul abgeleckt. „Bitte, bitte wach wieder auf", wollte er ihr sagen, doch sie wachte nicht mehr auf. So lag er, als Nastasja ihn fand. Er wehrte sich nicht, als sie ihn aufhob und unter ihrem Mantel versteckte. Er hatte wohl keine Kraft mehr und diese Hände waren warm. Nastasja nahm das kleine Bündel mit nach Hause und päppelte es auf. Der kleine Wolf wuchs zu einem großen, starken Tier heran. Sobald er konnte ging er in den Wald zurück, doch Nastasja wusste, er war immer in ihrer Nähe, klug genug den Männern mit den todbringenden Waffen aus dem Weg zu gehen.

Auch in dieser Nacht lag er am Waldrand, und als er die Flammen sah ging er in das Haus und zog Nastasja, die bewegungslos am Boden lag, heraus, zog sie bis an den Waldrand, um sich dann still und abwartend neben sie zu legen, sie wärmend. „Geri, gut hast Du das gemacht", sagte Nastasja schwach, und streichelte das starke Tier. Er ließ es sich ruhig gefalle. „Wenn Du nicht gewesen wärest, dann wäre ich wohl in den Flammen umgekommen", sagte sie fast tonlos, „Aber Du hast auch Dein eigenes Leben riskiert. Warum nur hast Du das getan? Ach, was frage ich so viel. Aber ich muss fort hier. Die Leute werden alle denken, ich bin tot. Vielleicht ist das auch gut so. Niemand wird genauer hinsehen. Niemand wird sich kümmern."

Damit stand sie auf und ging tiefer hinein in den Wald, immer weiter und weiter, bis sie auf eine alte, verwahrloste Hütte stieß. Es wirkte, als wäre sie schon vor langer Zeit verlassen worden. Nastasja sah sich um. Die Fenster und der Kamin waren noch intakt. Ansonsten hatten die Tiere so mancherlei Unordnung gemacht. Das ein oder andere schien sich darin versteckt oder sein Quartier aufgeschlagen zu haben.

Nastasja beschloss zu bleiben, hier mitten im Wald, weit weg von dem Dorf, in dem sie bisher gelebt hatte, fern der Welt. Nicht, dass sie nicht gerne unter Menschen gewesen wäre, aber sie schien nicht zu den Menschen zu passen, wie sie sich nun eingestehen musste. Vielleicht war es das Beste so, denn obwohl sie schon einige Jahre in diesem Dorf gelebt hatte, war sie doch nie so richtig heimisch geworden. Nicht nur räumlich war sie am Rande des Dorfes geblieben. Es war ihr nicht möglich einen Zugang zu den Menschen zu finden, denn den meisten war sie unheimlich. Manche jedoch, wie Hartmuts Frau, erkannten ihr klares, sanftes Wesen, das in solch eklatantem Widerspruch zu ihrer äußeren Erscheinung stand. Diese wenigen wussten um ihre Gaben und Kräfte, die nicht vom Teufel kamen, sondern aus der Natur, der Schöpfung Gottes. „Man muss nur hinsehen, um zu erkennen, und man muss es sich geben lassen um anzunehmen", waren Nastasjas Worte, und jeden Tag aufs Neue erfüllten sie sich ihr.

Die meisten Menschen hatten wohl schon lange darauf vergessen, dass es jenseits der Pharmaindustrie noch andere Mittel gab Krankheiten zu heilen. Und wie viele von ihnen bedurften nicht eines Medikamentes, sondern einfach nur eines offenen Ohres, eines Menschen, der da war und zuhörte, eines Menschen, der ihnen half die Knoten und Verwirrungen aus dem Leben zu entfernen.

Geri ging mit ihr und blieb. Er kam sogar mit in die Hütte, in der es so wenig nach Mensch roch und so sehr nach Heimat.

* * *

Nathanael brauste dahin, durch die Nacht, durch den Regen. Immer noch war er auf der Straße. Vielleicht war er doch noch zu zögerlich. Vielleicht hing er ja doch noch zu sehr an seinem Leben. Doch war das denn ein Leben? Ja, er hatte ein Leben gehabt, ein Haus, eine Frau und viel Geld. Jetzt hatte er nichts mehr.

Nachdem er sein Studium der Betriebswirtschaft beendet hatte, verließ er die Universität, das Diplom in der Hand und präsentierte sich der Welt. „Konzentration auf das Wesentliche", war ihm eingebläut worden, und er konzentrierte sich auf das Wesentliche, was für ihn bedeutete, so schnell wie möglich so viel wie möglich zu verdienen und das so lange wie möglich. Dieses Ziel verfolgte er mit einer Beharrlichkeit, es hätte einem fast Bewunderung abringen können, wenn da nicht der eine Einwand gewesen wäre, die eine Frage: „Wozu soll es gut sein, so reich zu werden? Sicher, sein Auskommen zu finden, dagegen gibt es nichts zu sagen, aber einfach nur reich werden zu wollen?" „Meine Eltern waren arm und dennoch setzten sie zehn Kinder in die Welt. Wir verhungerten nicht, aber wir litten schon unter den Entbehrungen. Alles, was für andere Kinder selbstverständlich war, Fernsehen, Urlaub, Geschenke zum Geburtstag und zu Weihnachten, all das hatten wir nicht. Ich hätte eigentlich nach abgeleisteter Schulpflicht sofort arbeiten gehen sollen oder, wenn ich weiter in die Schule gehen wollte, selber sehen müssen wie ich es mir finanzieren könnte, und das tat ich auch. Wenn ich nicht gerade lernte, habe ich gearbeitet. Und da wusste ich, das dürfte nicht noch einmal passieren. Ich wollte reich werden und all die Annehmlichkeiten genießen, die der Reichtum mit sich bringt, und ich wollte keine Kinder, die so viel kosten und doch nichts einbringen", hätte er geantwortet, wenn ihn jemand gefragt hätte. Das wäre zwar eine Antwort gewesen, die völlig an der Frage vorbeiging, aber es fragte ihn auch niemand. Die Menschen, die in seiner Firma arbeiteten, wagten es nicht und Freunde hatte er keine, denn er arbeitete Tag und Nacht, nur das eine Ziel vor Augen.

Nachdem ihm menschliche Bindungen fremd waren, hatte er sich seine Naivität bewahrt. Der einzige Umgang, den er mit Menschen hatte, war rein geschäftlicher Natur. Nach wenigen Jahren hatte er es eigentlich geschafft. Er war das, was man gemeinhin als reich bezeichnen würde. Zumindest würden sich die meisten Menschen so fühlen, wenn sie ein paar Millionen auf dem Konto hatten, aber Nathanael meinte nur, dass es wohl sein könne, aber für ihn war es immer noch nicht genug. Also machte er weiter. Eines Tages fand er sich in der durchaus misslichen Situation einen neuen Sekretär einstellen zu müssen, da sein bisheriger einen Schlaganfall erlitten hatte und nicht mehr arbeitsfähig war. Wie konnte er ihn im Stich lassen, einfach so, gerade jetzt, wo er ihn am dringendsten gebraucht hätte? „So ein Drückeberger", dachte Nathanael, und sah sich die Bewerber an.

Ausdrücklich hatte er nach einem Sekretär gesucht, denn sein Instinkt sagte ihm, dass es nur Probleme mit sich bringen würde mit einer Frau so eng zusammen zu arbeiten. Doch aufgrund irgendwelcher komischen Gesetze durfte er das nicht in das Inserat schreiben. Das führte nun dazu, dass sich auch Frauen vorstellen kamen. Er hatte sich schon beinahe entschieden, als sie auftauchte. Sonja Pribil. Bis heute wusste er nicht genau wie sie das geschafft hatte, aber sie erreichte nicht nur, dass er sie einstellte, sondern auch, dass er ihr rettungslos verfiel.

Mittlerweile schrieb er es seiner Naivität zu, zumal nach dem, was sie ihm eröffnet hatte an diesem Abend. Wenige Monate später war er mit ihr verheiratet. Sie schmeichelte seinem Ego, machte ihn zum Mann, im weitläufigsten Sinne.

* * *

Nastasja hatte die Hütte im Wald hergerichtet, so gut sie es vermochte. Alles was sie brauchte fand sie um und in der Hütte. Um die Hütte die Werkstoffe und in der Hütte das Werkzeug. Viele nützliche Dinge befanden sich in der Hütte, und sie selbst brauchte nicht viel. Ein Bett, ein Tisch, zwei Stühle, ein Regal, der Kamin und der Ofen, Küchenutensilien. Was sie noch benötigte kaufte sie im Dorf, das auf der anderen Seite des Waldes lag. Dort kannte sie noch niemand. Unbelastet war der Umgang mit diesen Menschen.

Geri begleitete sie jedes Mal, wenn die zu dem Dorf ging, doch nur bis zum Waldrand. Von dort an musste sie alleine weitergehen. Trotz allem fiel es ihr nicht schwer wieder auf Menschen zuzugehen. Es waren Menschen, die sie vertrieben hatten, aber es waren ebenso Menschen, die sie wieder aufnahmen. Sie gehörten nur derselben Gattung an, nicht mehr.

Bei ihrem ersten Besuch zog sie Erkundigungen bezüglich der Besitzverhältnisse der Hütte ein, in der sie sich niedergelassen hatte.

Vor vielen Jahren, so wurde ihr erzählt, wohnte dort draußen ein Ehepaar mit ihren zwei Jungen. D.h. nur der zweite Junge war ihr gemeinsamer. Den größeren hatte der Mann aus der ersten Ehe mitgebracht. Dieser Mann war Forstarbeiter. Anständig und zuverlässig und immer um den Wald bemüht. Sie hingegen war eine Xanthippe, die ihm das Leben schwer machte und ihren Stiefsohn missbrauchte. Lange Zeit hatte der Mann einfach zugesehen. Dann starb sein Sohn aus erster Ehe, weil die Stiefmutter nicht acht gegeben hatte. Daraufhin erschlug der Mann seine Frau und schnitt dem kleinen Jungen die Kehle durch. Nach der Tat ließ er sich willenlos abführen, und seitdem ist er im Irrenhaus. Es ist wohl kaum zu erwarten, dass er je wiederkommt und andere Verwandte gibt es nicht.

„Aber es muss doch jemanden geben, der den Besitz verwaltet?", erkundigte sich Nastasja. „Ja natürlich, aber glauben Sie mir, die Hütte will keiner haben. Nach dem was dort alles passiert ist", sagte ihr der Kaffeehausbesitzer des Ortes, in dem sie das eine oder andere Mal auf Besuch war. „Doch", gab sie lächelnd zurück, „ich möchte gerne dort wohnen." „Aber haben Sie denn gar keine Angst?", fragte er ungläubig. „Wovor sollte ich Angst haben? Vor den Toten?", entgegnete Nastasja, „Wenn man sich schon fürchten muss, so vor den Lebenden und nicht vor den Toten." „Da haben Sie wohl recht", stimmte der Mann zu, „Ich denke, dass Dr. Matthis, Manuel Matthis den Besitz verwaltet seit jenen tragischen Vorfällen. Er ist Notar und begeisterter Jäger, so dass er wohl viel Kontakt mit dem Förster hatte. Nach dessen Einlieferung erklärte er sich sofort dazu bereit die Sachwalterschaft zu übernehmen. Aber wer hätte es auch sonst tun sollen, Verwandte hatte er ja keine, der Alois." „Vielen Dank", sagte Nastasja und ging geradewegs zu dem ihr genannten Notar, von dem sie das Häuschen mitsamt der dazugehörigen Waldfläche pachtete, so lange, bis der Vorbesitzer zurückkommen würde, was ziemlich unwahrscheinlich war.

Nastasja hatte sich also rasch eingewöhnt. „Es ist gut, dass sich wieder jemand ein wenig kümmert um die Hütte und den umliegenden Wald", hatte der Notar gemeint, der sichtlich nicht mehr damit gerechnet hatte, dass sich irgendwer auch nur in die Nähe wagte, vor allem wenn die Geschichte, die damit zusammenhing, bekannt war. Diese Begegnung und so manche andere trugen das ihre dazu bei, dass sich Nastasja wohl fühlte. Selbst als sie erzählte was sie machte, stieß sie auf Wohlwollen. „Vor Jahren wohnte schon einmal eine Frau im Ort, die sich mit Heilkräutern sehr gut auskannte", erzählte Nastasja eine ältere Dame,

„Zuerst dachten wir alle, wir dürften nicht zu ihr gehen, weil sonst der Arzt böse wäre, aber es stellte sich heraus, dass die beiden nicht in Konkurrenz zueinander standen, sondern im Gegenteil, sie ergänzten sich. Allerdings lag das wohl auch daran, dass der damalige Gemeindearzt offen war für psychologische Erkenntnisse und verstand, dass manchmal nur zuerst die Psyche geheilt werden musste bevor man sich um die eigentliche Krankheit kümmerte. Die beiden, die Kräuterfrau und der Arzt ergänzten sich so wunderbar, dass sie sogar ein Paar wurden." Ja, auch sowas war möglich. Nur wenige Kilometer und ein dichter Wald trennten die beiden Orte voneinander, und doch waren die Menschen so verschieden. Oft dachte Nastasja daran was sie denn in den Augen dieser Menschen falsch gemacht hatte. Lag ihr einziges Vergehen darin, dass sie keinen Doktortitel und dennoch einen Menschen geheilt hatte? Wurde sie dafür bestraft, dass sie etwa konnte, was die, die es können sollten, nicht vermochten? War es eine Schuld sich der Kräfte der Natur und des Patienten zu bedienen, und nicht derer der Pharmaindustrie? Wahrscheinlich von allem ein bisschen was. Allerdings war es nicht so, dass sie nur ein Kräuterweiblein war und über keinerlei akademisch festgelegte medizinische Kenntnisse verfügte.

Seit sie ein kleines Mädchen war, war es ihr Wunsch gewesen Menschen zu helfen. „Meine Liebe,", hatte eines Tages eine alte, aber immer noch sehr adrette Tante zu ihr gesagt, „für eine Frau gibt es nur zwei Wege durch das Leben zu kommen. Entweder ist sie hübsch, dann kann sie den breiten wählen, auf dem ihr alle Möglichkeiten offenstehen, oder sie ist klug. Dann muss sie sich auf sich selbst verlassen. Du bist nicht hübsch. Gott gebe es, dass Du klug bist." „Und wenn ich nicht klug bin?", fragte Nastasja gerade heraus. „Dann hast Du keine Chance, aber Du bist klug, so wie Du fragst", sagte die Tante. Nastasjas Schwestern waren hübsch. „Die sind wohl nach der Mutter geraten", meinte eben jene Tante, „Nur Nastasja, die Arme, ist eher nach dem Vater gekommen." Deshalb machten sich ihre Schwestern daran einen entsprechenden Ehemann zu finden, während sich Nastasja für das Medizinstudium entschied.

Zu Beginn lernte sie wie eine Verrückte, belegte sämtliche Vorlesungen, die sie zeitlich unterbrachte und verbrachte Monate zwischen Hörsaal und Bibliothek. Ab und an schlief sie. Eines Tages passierte es. Sie saß in der Bibliothek, vor sich einen Stapel Bücher, wie ein Schutzschild gegen die anderen, wie eine Mauer, hinter der sie sich verschanzte, als sie plötzlich angesprochen wurde. Es dauerte wohl eine Weile bis sie begriff, dass sie gemeint war. Verwirrt sah sie auf und in ein schmales Gesicht mit sanften, braunen Augen. Es gehörte zu einem großen, schlanken Burschen. Sein braunes Haar fiel ihm bis auf die Schultern.

„Hallo Nastasja", sagte er freundlich. Woher wusste er wie sie hieß?, fragte sich Nastasja, aber er sah ihr Erstaunen. „Ich bin mit Dir in der Anatomievorlesung, seit Semesterbeginn und sehe wie fleißig Du bist", versuchte er zu erklären. „Aha", war das einzige, was Nastasja über die Lippen brachte, da sie sich noch keine Gedanken darüber gemacht hatte wie wohl angemessen zu reagieren sei, wenn solch ein Fall einträte. „Ich heiße Sven", sagte er, immer noch lächelnd und hielt ihr die Hand hin, die Nastasja auch nahm. „Freut mich. Ich verstehe gar nicht wie mir das entgehen konnte ...", versuchte sie zu erklären.

„Das macht doch nichts. Du bist immer so konzentriert. Ich bin es nicht, eher im Gegenteil, ich lasse mich immer so leicht ablenken. Ich wollte Dich fragen ob Du bereit wärst mit mir zu lernen, ab und an", fragte er nun gerade heraus. „Ich weiß nicht so recht", begann Nastasja, denn sofort saß der Argwohn in ihrem Nacken. Würde das nicht ihr ganzes Leben durcheinanderbringen, so wie sie es jetzt gewohnt war? „Ich mache Dir einen Vorschlag", sagte Sven, als er sah wie sie unschlüssig blieb, „Du probierst es einfach einmal aus, und wenn Du es nicht für gut hältst, können wir jederzeit wieder aufhören." „Einverstanden", entgegnete Nastasja. Von nun an hatte sie einen Lernpartner, und ja, er brachte ihr ganzes Leben durcheinander, jedoch auf eine Art und Weise, die sie niemals für möglich gehalten hatte.

* * *

Nathanael wurde aus der Kurve geschleudert. Sekunden des Fluges, die ihm wie eine Ewigkeit erschienen. Genau so war sein Leben bisher gewesen, ein steter Aufstieg. Der Bauernbub, der Ausgestoßene, der nirgends dazu passte. Er hatte auch niemals Gelegenheit gehabt dazu zu gehören, denn sobald er konnte, musste er auf dem elterlichen Hof helfen, aber vor allem sich um den Haufen Kinder kümmern, die seine Mutter so unverantwortlich in die Welt setzte. Als würde sie sich nichts denken dabei. Konnten sie sich nicht zurückhalten? Er war so wütend auf diese Kinder, denn mit jedem neuen Ankömmling wurde der eigene Teil an dem, was sie bekamen, schmäler, und von dem, was sie zu geben hatten, mehr.

Eines Tages kamen sie auf die Idee mit dem Kinderwagen Rennen zu fahren, draußen auf der Straße. Ja, sie hatten Spaß, bis der Kleine aus dem Kinderwagen fiel. Er schrie wie am Spieß. Es gelang wohl ihn zu beruhigen, aber er hatte eine Beule davongetragen, die die Mutter entdeckte und alle Missetäter umgehend bestrafte. Von da an verweigerte Nathanael seine Mithilfe, und sobald die Schule aus war, trieb er sich herum, zunächst. Es gelang ihm immer wieder kleine Arbeiten und Botendienste verrichten zu dürfen, für die er – und das war der große Unterschied zur Mithilfe am Hof – entlohnt wurde. Sorgsam verwahrte er jeden einzelnen Cent, ungesehen von seinen Geschwistern. Doch eines Tages geschah es doch. Als er nach Hause kam, hatten seine Geschwister einen ganzen Berg Süßigkeiten vor sich liegen. „Woher hattet ihr das Geld für all die Leckereien?", fuhr Nathanael sie an, bekam aber keine Antwort. Sein Geheimversteck fand er geplündert. Seine eigene Familie hatte ihn beraubt und hintergangen. Das prägte sich ihm tief ein. Die Folge war, dass er sich immer mehr absonderte und sein Geld nur noch besser versteckte, bis er alt genug war ein eigenes Konto zu eröffnen.

Eines Tages, so dachte Nathanael, würden sie kommen und ihn um Hilfe bitten, aber dann würde er ihnen die Türe weisen. „Jeder ist sich selbst der Nächste", dachte er bei sich und schürte seinen Hass, jeden Tag aufs Neue. Niemals, so schwor er sich, würde er sein Herz an einen Menschen hängen, niemals würde er sich in Abhängigkeit begeben. Er schloss die Schule ab und übersiedelte in eine Wohngemeinschaft. Ein kleines Zimmer hatte er dort, aber es war genug, und mehr als er je sein eigen genannt hatte. Bisher war es bloß ein Bett gewesen. Mit eisernem Willen und einem erklärten Ziel vor Augen arbeitete er, ohne auch nur einmal auf- oder nach links und rechts zu sehen. Verbissen kämpfte er, und sein Gesicht wurde hart und unzugänglich. Die Menschen gingen ihm aus dem Weg. Er machte ihnen Angst, aber das war ihm ganz recht so, denn schließlich hatte er allzu lange erlebt was Menschen mit einem machen. Stetig ging es bergauf, und all das hatte er aus eigener Kraft geschafft. Den Kontakt zu seiner Familie hatte er gänzlich abgebrochen. Weit weg waren sie. Er verbot sich auch nur an sie zu denken, an diese Kindheit, die für ihn nichts weiter als Elend und Entbehrung bedeutet hatte. Niemals sah er zurück. Sein Blick war nach vorne gerichtet.

Eines Tages gelang es seiner jüngsten Schwester doch ihn ausfindig zu machen. „Nathanael, hilf mir, ich bin schwanger und weiß nicht wohin. Die Mutter schlägt mich tot", bat sie flehentlich, doch Nathanael schlug ihr die Türe vor der Nase zu. Später erfuhr er, dass sie sich erhängt hatte. „Jeder hat sein Schicksal selbst in der Hand", meinte er achselzuckend, als er die Nachricht erhielt.

Stetig ging es bergauf, bis zu diesem Abend, und er fiel tief, viel tiefer als er emporgestiegen war. Sein Aston Martin flog aus der Kurve, steil bergauf, und fiel ebenso, raste ein Stück weiter durch den Wald, bis ein Baum die Fahrt beendete. „Jetzt ist es endlich vorbei", schoss es Nathanael noch durch den Kopf. Dann spürte er nichts mehr.

* * *

Nastasja hatte nun einen Lernpartner. Ab und zu dachte sie noch an ihn, aber es schmerzte einfach zu sehr. Das lag nicht daran, dass Sven ihr Leben damals durcheinander gebracht hatte, und er tat es, nachhaltig, aber es war eine durchaus positive Veränderung. Aber hätte sie damals nicht ihr Herz so unverrückbar an ihn gehängt, es wäre ihr vieles erspart geblieben, viele Schmerzen, aber auch ein tiefes Glück.

Jeder Tag des Glücks hat seinen Preis, und wird unnachgiebig mit Schmerz vergolten. Je größer das Glück, desto tiefer der Schmerz, und ihr Glück war ein vollkommenes, so schien es ihr damals. Was mit einer kleinen Anfrage, ab und an miteinander zu lernen, begann, endete damit, dass sie einander bald unentbehrlich waren. Nastasja lehrte Sven sich zu konzentrieren, seine Gedanken zu fokussieren, und Sven Nastasja ab und an wieder aufzusehen und die Welt zu rund um sie zu erkennen, die Lebendigkeit, das Schöne und das Lachen. Ja, er zeigte ihr wie man lachte und heiter war und offen für, neugierig auf die Welt.

Eines Abends forderte Sven Nastasja auf spazieren zu gehen. Sie hatten lange gelernt, weil für den nächsten Tag eine schwere Prüfung anstand. Nastasja fühlte sich schwer und beladen, und gleichzeitig leer und ausgelaugt. Die milde Nachtluft tat ihnen gut. Unmittelbar vor ihnen schwankte ein Mann. Zunächst dachten sie, er sei betrunken. Er stürzte, und da sie nun doch so viel Wissen mit sich schleppten, waren Sven und Nastasja sofort bereit ihm zu helfen, indem sie seine Vitalfunktionen kontrollierten und die Rettung riefen.

Der Mann war jedoch nicht betrunken. „Mein Hund", sagte er immer wieder, „Ich kann ihn nirgends finden. Ich kann nicht sein ohne ihn. Er ist mein Leben. Ich habe doch sonst niemanden mehr auf der Welt." Nastasja horchte auf. Sicher, der Mann war alt und gebrechlich. Wahrscheinlich war sein Herz schwach, aber das was ihn krank machte war nicht in erster Linie das Körperliche, sondern der seelische Schmerz darüber, dass er seinen Hund vielleicht nie mehr wiedersehen würde. Er war nichts weiter als ein alter Mann, der nichts mehr hatte als diesen Hund. „Ich werde ihn finden", versprach Nastasja. In dem Moment kam die Rettung. „Wir übernehmen das jetzt!", herrschte sie der Sanitäter an und stieß sie grob zur Seite.

„Wo bleibt der Mensch?", wandte sich Nastasja an Sven, „Wir lernen über Krankheiten und sie zu heilen. Wir lernen die Organe und ihre Funktionen kennen, jedes fürs sich, aber das Gesamte kommt nicht in den Blick. Wir können dann nichts weiter als Krankheiten zu heilen, aber den Menschen, den vergessen wir. Wir sehen ein krankes Herz, aber nicht was das Herz noch belastet. Wir sehen ein gebrochenes Bein, aber nicht das Ende einer Sportlerkarriere. Wir sehen ein Mädchen, das sich fast zu Tode gehungert hat und päppeln sie auf, aber wir können ihren eigentlichen Hunger nicht stillen. Wozu soll das alles gut sein, wenn wir Krankheiten heilen können, den Menschen aber krank zurücklassen?" „Du weißt was Du da gerade tust?", fragte Sven nachdenklich, „Du bist Dir im Klaren darüber, dass Du das Fundament der modernen Medizin in Frage stellst, die nur darauf aus ist eine Körpermaschine am Funktionieren zu halten?" „Ja, ich bin mir darüber im Klaren", entgegnete Nastasja ernst, „Deshalb werde ich morgen auch einen Hund suchen."

Sven und Nastasja ließen die Prüfung und suchten einen Hund. Es gelang ihnen tatsächlich ihn zu finden. Als sie dem Mann den Hund brachten schlug sein Herz plötzlich wieder gleichmäßig. „Das gibt es doch gar nicht!", sagte der behandelnde Arzt fassungslos, „Dass die Therapie so schnell anschlägt, das grenzt an ein Wunder. Was bin ich doch gut." „Nicht Sie waren das, sondern der Hund. Er hat ihn geheilt", entgegnete Nastasja ruhig. „So ein Unsinn", sagte der Arzt, und sah zum ersten Mal vom Krankenblatt auf, „Und außerdem, was hat der Köter in einem Krankenhaus verloren! Raus mit ihm!" Nastasja und Sven verließen mit dem Mann und seinem Hund das Krankenhaus.

Sven und Nastasja wandten sich ab von der Medizin und dem Vorhaben zu den Menschen zu zeigen, dass niemand sie heilen konnte, außer sie sich selbst. Sie wandten sich dem Menschen zu. Es wäre ihre letzte Prüfung gewesen. Menschen, die sie kannten, griffen sich an den Kopf und fragten sich, ob sie jetzt völlig verrückt geworden waren. Jahrelang hatten sie auf dieses Ziel, diese letzte Prüfung, hingearbeitet, um quasi im letzten Moment alles hinzuschmeißen. „Aber wann ist dann der richtige Moment, etwas zu ändern, was man als falsch erkannt hat, als eben im Moment der Erkenntnis?", pflegten Nastasja und Sven zu entgegnen, „Wer immer nur dann sagt, macht es nie."

***

Langsam öffnete er die Augen. Nathanael wusste, in diesem Moment, er war gescheitert. Warum nur funktionierte das in den Filmen immer so gut? Warum starben da die Menschen immer so leicht? Er war ganz bestimmt nicht tot. Sein ganzer Körper schmerzte. Er versuchte den Kopf zu heben, doch es gelang ihm nicht. Vielleicht sollte er einfach liegen bleiben und warten bis der Tod kam? Aber der Typ war er nicht. Nachdem er zur Kenntnis nehmen musste, dass sein Plan zu sterben nicht aufgegangen war, dachte er schon wieder nach vorne. Er würde einfach weggehen und nochmals von vorne beginnen. Es stimmte schon, er hatte alles verloren, woran er sein Herz gehängt hatte, aber er würde die Kraft finden das hinter sich zu lassen. An Mut und Entschlossenheit mangelte es ihm nicht. Er würde gesund werden und ganz neu anfangen.

Der Mond schien silbern durch die Wipfel der Bäume, verströmte sein sanftes Licht. Keine einzige Wolke war am Himmel. Der Regen hatte aufgehört und der Wind hatte die letzten Wolken weggefegt. Frei und offen erstreckte sich der Himmel über ihm, und ebenso frei und offen fühlte er sich. Zumindest sein Kopf war es, auch wenn sein Körper nicht mitspielte. Er fragte sich, wie stark er wohl verletzt war. Ganz offensichtlich hatte es ihn aus dem Auto geschleudert. Die Nacht war warm und gläsern. Fast hätte er sich der Stimmung hingegeben. Fast wäre es gelungen, dass er im Moment verweilt hätte, doch da erstand ein anderes Bild, das Bild seiner toten Frau. Er würde weit weg gehen müssen, wollte der nochmals von vorne anfangen. Oder er stellte sich. Dann könnte er gleich sein Leben aufgeben. Wie lange würd er ins Gefängnis gehen müssen? Er würde auf Mord im Affekt plädieren. Gründe fände er genug, und durchaus plausible. Aber unter zehn Jahren würde er nicht davonkommen, trotz allem. Zehn Jahre, die er verlieren würde, und die er nie wieder würde aufholen könnte. Wer würde schon mit einem Ex-Knacki zusammenarbeiten wollen?

Nathanael musste weg, sehr weit weg, und dabei konnte er nicht einmal den Kopf heben. Seine Lage schien aussichtslos, wenn nicht ein Wunder geschah. Und er glaubte nicht an Wunder. Das einzige, woran er glaubte waren seiner eigenen Hände Arbeit. Er tastete nach seinem Handy, das er wie immer in die Tasche gesteckt hatte. Dabei stellte er fest, dass er seinen Arm bewegen konnte. Das Handy war deutlich durch den dünnen Stoff zu fühlen. Aber wen hätte er anrufen können? Die Polizei, dachte er, das wäre doch was. Die würden ihm bestimmt weiterhelfen. Nein, er wusste niemanden, den er anrufen konnte, niemanden, dem er sich hätte anvertrauen können. Freunde hatte er keine. Alle Menschen, die er kannte, standen irgendwie in einem Abhängigkeitsverhältnis zu ihm, indem sie von ihm bezahlt wurden. Erkaufte Loyalität. Bis jetzt hatte es genügt, aber eine Straftat für ihn vertuschen, so viel könnte nicht einmal er zahlen.

Ein wenig noch liegen und ausruhen. Dann würde er alle Kraft zusammennehmen und sich bis zum nächsten Krankenhaus durchschlagen. Er würde es schaffen, weil er es schaffen musste. Er hatte gar keine andere Wahl. Ein wenig Geld hatte er noch eingesteckt. Ein weiterer Versuch sich aufzurichten, doch die Schmerzen waren so heftig, dass er wiederum zusammenbrach. Er hatte wohl auch viel Blut verloren, denn das silberne Licht des Mondes begann vor ihm zu verschwimmen, als er plötzlich etwas anderes ausnahm. Zwar sehr vage, aber doch deutlich genug, um das Bild zuordnen zu können. Es war eine Frau, die sich ihm näherte. Es kam ihm vor, als würde sie schweben. „Ein Engel", flüsterte er leise, „ein Engel, der mich begleitet. Vielleicht ist es mir doch noch gelungen. Vielleicht habe ich doch nicht versagt." Dann schwanden ihm die Sinne, abermals, doch irgendwie fühlte er sich nicht mehr verlassen, sondern in guten Händen. Egal wohin sie ihn holen würde, er würde sich mitnehmen lassen.

2. Wo wir uns niederlassen und verweilen

Die Frau stand am Kamin, als Nathanael abermals erwachte. Eine große, schlanke Frau mit dunklem Haar, aber Engel war sie keiner, stellte er nun fest. Dennoch musste sie ihn gerettet haben, warum auch immer. Er war sich sicher, dass er sie nicht kannte, und sie ihn nicht.

„Hätte sie mich gekannt, sie hätte mich wohl dort draußen liegen gelassen, wenn sie nicht gar noch nachgeholfen hätte, dass ich schneller ins Jenseits komme", dachte er bitter. Draußen war es nun hell. Wie lange er wohl geschlafen hatte? Es war Nacht gewesen, als er sie sah. Ob es überhaupt die gleiche war? Wie war er hierher gelangt? Alles schien so unwirklich. Er sah sich in der Hütte um. Alles wirkte beengend auf ihn, und schrecklich rustikal. „Wie zu Hause auf dem Bauernhof", dachte er schaudernd.

Da war er wieder, der große Tisch, um den sich zwölf Menschen drängten und jeder dazu sah, dass er so viel wie möglich von dem Essen abbekam, das doch immer zu wenig war. Alle an diesem Tisch waren seine Fressfeinde, und dementsprechend stürzten sich alle darauf. Jeder sah auf sich. Die einzige, die sich angelegen sein ließ sich der kleineren Geschwister anzunehmen, war seine Schwester Miriam. Sie war fühf Jahre jünger als er selbst und immer so schrecklich hilfsbereit, setzte sich ein für die Kleinen, die sich am allgemeinen Kampf ums Essen noch nicht beteiligen konnten, oder doch immer den Kürzeren zogen. Irgendwann kam Rebekka auf die Idee, das Essen zu verteilen und damit dem Kampf ein Ende zu setzen. Gerechtigkeit, nannte sie das. Nathanael schüttelte nur den Kopf, denn in der Natur war das nicht so. Da besiegte der Stärkere den Schwächeren und wer nicht schnell oder stark genug war, hatte das Nachsehen. So einfach war das in seiner Weltordnung. Aber sie seien Menschen, setzte Miriam dem dann entgegen, und Menschen hätten sich über diese bestialische Form des Umgangs miteinander erhoben, so dass sie einander helfen und beistehen könnten. Wahrscheinlich hatte sie auch ein Dutzend Kinder in die Welt gesetzt oder war ins Kloster gegangen. Beides wäre denkbar. Sie ging sogar so weit selbst zu verzichten, damit die Kleinen genug bekämen. Die war garantiert ins Kloster gegangen, dachte Nathanael trocken, denn so viel Altruismus gehört eingesperrt, auch um sie vor sich selbst zu schützen.

„Du bist wach", riss ihn die Stimme der Frau, die am Kamin gestanden hatte, aus seinen Gedanken, „Wie fühlst Du Dich?" „Hast Du mich aus dem Wald mitgenommen?", fragte er, ohne auf ihre Frage einzugehen. „Ja, ich habe Dich mitgenommen. Du hast schlimm ausgesehen", entgegnete sie kurz. „Und was ist mit meinem Auto?", fragte Nathanael weiter. „Mit Deinem Auto? Du fragst allen Ernstes was mit Deinem

Auto ist? Du warst sehr schwer verletzt, und es wird wohl lange dauern, bis Du wieder ganz gesund bist, und da hast Du keine anderen Sorgen als Dein Auto?", stellte Nastasja kopfschüttelnd fest, um hinzuzufügen, „Du musst ein sehr einsamer Mensch sein, aber das ist wohl oft so, bei Menschen, denen ihr Besitz das Wichtigste ist. Was nützt Dir Dein Auto, was nützt Dir Dein Geld, wenn Du schwer krank bist?" „Ich kann mir die beste Pflege und die besten Ärzte leisten", kam Nathanaels Antwort trocken. „Aber sie können Dir nicht die Einsamkeit nehmen", meinte Nastasja gelassen, während sie an das Bett trat und seine Temperatur prüfte. „Das Fieber ist endlich weg", meinte sie, „Du wirst schon bald wieder aufstehen können." „Das ist gut, denn ich muss verschwinden, so schnell wie möglich", sagte er, wohl mehr zu sich selbst. „Ich weiß. Du hast offenbar große Schuld auf Dich geladen", entgegnete sie. „Woher weißt Du das?", fragte er schnell. „Warum sonst solltest Du Dich umbringen wollen. Die Schuld und die Einsamkeit, und Du hast im Fieberwahn gesprochen", erklärte ihm Nastasja. „Was habe ich gesagt?", fragte er erschrocken. „Du sprachst von einer toten Frau und von Verrat", meinte sie schlicht. „Und dennoch hast Du mich nicht verstoßen?", fuhr er fort. „Nein, warum sollte ich?", meinte sie überrascht. „Weil man das nicht macht, einfach jemandem zu helfen, ohne Gegenleistung. Das ist wider jede Regel, ja, gegen die Weltordnung", sagte er überzeugt. „Vielleicht macht man das nicht in Deiner Welt, in meiner schon", merkte Nastasja lapidar an, als wäre es wirklich selbstverständlich. „Warum hast Du mich dann gerettet?"

„Du willst wissen warum ich Dich gerettet habe?", fragte Nastasja, als wollte sie sicher gehen, dass sie ihn auch richtig verstanden hatte. „Ja, warum tust Du das. Du scheinst nicht der Mensch zu sein, den man mit Geld locken kann, so wie Du da wohnst, und Du weißt, dass ich etwas Schlimmes getan habe", entgegnete Nathanael ernsthaft. „Weil Du ein Mensch bist, der Hilfe brauchte. Ich oder besser Geri hat Dich gefunden, und Dich hierhergebracht", antwortete Nastasja lapidar. „Ein Mensch ...", wiederholte Nathanael nachdenklich, „Bin ich das denn?" „Ja, das bist Du, ganz gleich was Du getan hast, in erster Linie bist Du ein Mensch", bestätigte Nastasja. „Ich habe einen Mord begangen und bin auf der Flucht", konterte jetzt Nathanael, aber Nastasja zeigte sich immer noch unbeeindruckt. Mit einem Seufzer ließ sie sich auf einem Stuhl nieder, der neben seinem Bett stand und fuhr sich mit der Hand durch das kurz geschorene Haar. Ihre dunklen Augen wirkten weich und warm. Ihre Haut zeigte die Spuren, die jemand trägt, der sich auch vom schlechtesten Wetter nicht davon abhalten lässt nach draußen zu gehen. „Das sind Dinge, die musst Du mit Dir ausmachen. Abgesehen davon glaube ich das nicht, sonst hätte ich davon erfahren", entgegnete Nastasja. „Wie erfahren?", fragte Nathanael irritiert. „Entweder aus dem Internet oder von einem Polizisten, der mein Kunde ist", antwortete Nastasja, als wäre es das Selbstverständlichste auf der Welt, „Ich lebe zwar im Wald, aber nicht im Mittelalter. Der nächste Ort ist auch nicht allzu weit weg, so dass ich meine Naturmedizin an die Einwohner verkaufe, und im Gegensatz zu dem Ort, in dem ich vorher lebte, glaubt hier niemand, dass ich eine Hexe bin."

„Bist Du etwa Nastasja, Nastasja Nebel? Ich habe schon von Dir gehört", meinte Nathanael, und war sich plötzlich nicht mehr so sicher, ob er sich ihr wirklich anvertrauen konnte. Er versuchte im Geiste alles zu rekapitulieren, was er über sie gehört hatte. Zugegeben, es war etwas dürftig, denn er hatte wohl wieder nur mit einem halben Ohr zugehört. So viel wusste er jedoch, dass die Meinungen über diese Frau konträrer nicht sein konnten. Die einen hielten sie für eine Heilige, die sich all derer annahm, die von der Schulmedizin nichts mehr zu erwarten hatten oder die es einfach leid waren sich mit immer neuen pharmazeutischen Produkten vollpumpen zu lassen. Die anderen hielten sie für eine Ketzerin und Nestbeschmutzerin, die mit ihrem Tun gegen die Kommerzialisierung von Krankheiten auftrat. Natürlich verlangte sie auch Geld für ihre Naturheilmittel, nur konnte jeder nachvollziehen was sie enthielten und ihre Preise waren so bemessen, dass der Gewinn aus diesem Verkauf ihr ihr einfaches Leben im Wald ermöglichte.

„Was nur soll ich glauben, von all den gegenläufigen Meinungen?", fragte Nathanael gerade heraus. „Du sollst gar nichts glauben, Nathanael, Du kannst Dir selbst ein Urteil bilden", entgegnete Nastasja ebenso direkt. „Du weißt also auch wer ich bin", merkte Nathanael an. „Ja, Du bist auch nicht unbedingt ein unbeschriebenes Blatt, aber ich pflege mir auch selbst ein Urteil zu bilden, und das wollte sie auch bei ihm nicht anders halten.

„Du bist Nathanael Keller, Chef und Inhaber eines weltweit agierenden Pharmakonzerns, der sich auf die Entwicklung, die Herstellung und den Vertrieb neuer, angeblich bahnbrechender Psychopharmaka spezialisiert hatte. Ein interessanter Zweig, denn die Zivilisationsleiden nehmen immer mehr zu. Wir leiden nicht mehr körperlich, sondern bilden unsere mannigfaltigen Neurosen und Psychosen in unseren körperlichen Leiden ab. Natürlich bewirken diese Medikamente keine Heilung, sondern haben einzig und allein den Zweck, dass wir weiterhin gut funktionieren, so wie ein Rädchen in einer riesigen Maschine geschmiert wird und vor allem immer mehr davon benötigen. Aber nun zurück zu Dir, wenn nur die Hälfte von dem stimmt, was über Dich geschrieben wird, musst Du ein sehr unglücklicher Mensch sein", resümierte Nastasja. „Ich hätte mir jetzt viel erwartet, nur das nicht. Wie kommst Du darauf, ich sei unglücklich?", fragte er irritiert, „Mir wurde ja schon Vieles nachgesagt, aber das noch nie."

„Abgesehen von Deinem dilettantischen Selbstmordversuch?", entgegnete Nastasja, „Wer es notwendig hat so viel Macht zu haben und die Menschen um sich derart unmenschlich zu behandeln oder besser maschinenhaft, macht es zumeist nur aus einem Grund, weil er sein eigenes Unglück weiterzugeben trachtet."
„So hat das wohl noch niemand gesehen", sagte Nathanael. „Weil sich die Menschen mit den naheliegendsten Lösungen zufriedengeben, weil sie die wahren Gründe nicht suchen, weil es so leicht ist in Schubladen zu stecken. Du, der Turbokapitalist, der Blutsauger, der über Leichen geht, und ich, Hexe oder Heilige, je nach Gusto und persönlichem Empfinden, doch die Wahrheit, die kennen die Wenigsten. Man muss sich zuwenden und erkennen wollen, muss sich Zeit nehmen und sich zusprechen lassen. Das ist aufwendig. Wir nehmen uns nicht mehr die Zeit uns zuzuwenden. Stattdessen pflegen wir tausende oberflächliche Beziehungen, so dass wir letztlich doch alleine sind", führte Nastasja aus. „So wie Du in Deinem Wald", konterte Nathanael. „Ich bin nicht allein, jetzt nicht und vorher auch nicht. Ich stehe in Dialog", erklärte Nastasja sanft, und ihre warmen, braunen Augen holten Nathanael mit in diesen Dialog.

Der Dialog, das Wort, das zwischen den Menschen hin und her geht, das gegeben und angenommen wird, um diese Gabe und Annahme mit Gegengabe und Gegenannahme zu beantworten. Noch nie hatte er darüber nachgedacht, denn er hatte keine Zeit gehabt, neben seinem Ziel, das alles andere verschlang, letztlich, wie ihm jetzt langsam klar wurde, auch ihn selbst. Wenn er mit Menschen sprach, so nur aus einem einzigen Grund, sie hatten etwas, was er wollte, sei es als Geschäftspartner, Arbeitnehmer oder Kunde. Immer hatte er einen konkreten Grund, der nicht in Dialog treten hieß, sondern nur nach den Richtlinien der Nützlichkeit ging.

Nathanael hatte Zeit, zum ersten Mal, so lange er sich zurück erinnern konnte, hatte er Zeit. Nicht, weil er es gewollt hätte, sondern weil es ihm sein Körper aufzwang. Er musste mit sich selbst Geduld haben, musste abwarten bis er wieder genesen war. Bis dahin war nichts weiter möglich als zu bleiben. Natürlich hätte er mit dem Schicksal hadern können, oder noch besser, mit sich selbst, aber was auch immer ihn so weit gebracht hatte, er beließ es dabei sich zu fügen und nicht gegen das Unausweichliche aufzubegehren. Bis jetzt hatte er noch immer gekämpft, egal in welcher Situation oder Position er sich befunden hatte, immer hatte der den Kampf geführt, zumeist gewonnen, aber doch auch die eine oder andere Niederlage einstecken müssen und viele Blessuren davongetragen, aber niemals hatte er sich bis jetzt einfach abgefunden. Woran lag das wohl? War er alt geworden, oder müde? Er fühlte sich weder alt noch müde, sondern einfach nur anvertraut. Hatte er bis jetzt alles mit Zwang durchgesetzt, so ließ er sich jetzt von der Unausweichlichkeit des Faktischen zwingen. Und mit dieser Zustimmung hörte der Zwang auf und wurde zum Wollen. Sein Körper verlangte etwas von ihm, und er war Willens es ihm zukommen zu lassen: Zeit und Geduld. Zeit um wieder gesund zu werden und Geduld mit dem Heilungsprozess, der sich eben nicht zwingen und nicht beschleunigen ließ. Es war etwas, das sich seiner Kontrolle und seinem Einfluss völlig entzog, zumindest aktiv.

Nathanael war bereit sein Erkennen anzunehmen, und er erkannte, dass Zustimmung auch bedeuten konnte sich zurückzunehmen und etwas anderem zu vertrauen, und sei es seinem Körper, der auch nur dann heilen konnte, wenn er selbst ihn ließ, wenn er seine Kräfte nur darauf konzentrierte. Er war in Dialog getreten. Warm und geborgen fühlte er sich, während er mit Nastasja sprach, wobei der einzige Sinn dieses Gesprächs darin lag, das Gegenüber zu erfahren und sich selbst zu erfahren zu geben. Bis jetzt war er der Meinung gewesen, dass da nichts war bei ihm was er nicht zu meistern vermochte, was er nicht im Griff hatte, und plötzlich konnte er einfach den Griff lockern und sich anvertrauen, in erster Linie sich selbst. All dies waren keine geordneten Gedanken, es war einfach ein sich Vertrauen, das er vorher nicht gekannt hatte, eine Art zu Sein, die ihm bis jetzt entgangen war.

Nathanael lockerte den Griff, wie er es bei seiner Frau hätte tun sollen, bevor es zu spät war. Aber hatte Nastasja nicht gesagt, er würde nicht gesucht, es gäbe keine Tote? Wie konnte das sein? Er hatte sie doch dort liegen gesehen, tot und atemlos, bevor er Hals über Kopf davonstürzte. Wie konnte das möglich sein? Jetzt musst er zu Kräften kommen, gesund werden, und dann, dann würde er alles andere in Ordnung bringen, ganz gleich wie es für ihn ausgehen würde, er würde tun, was nötig war.

Diesen Entschluss fasste er, als ihm bewusst wurde, dass er in einen Dialog getreten war und darin stand, als er sich zum ersten Mal geborgen und angenommen fühlte, als ihm langsam die Augen zufielen und er sich in den Schlaf sinken ließ.

* * *

„Und hier sind Ihre Schlüssel. Herzlichen Glückwunsch zum Erwerb dieses Prachtstückes und viel Erfolg!", erklärte der Makler rasch und verschwand. Nathanael Keller stand vor seinem neu erworbenem Gebäude. An seiner Seite Heinrich Marschall. Hier würde er den Grundstein für seinen zukünftigen Erfolg legen. Vor seinem geistigen Auge war aus dieser kleinen Fabrik bereits ein riesiges Imperium geworden, denn er wusste, wer Visionen hat, braucht keinen Arzt, sondern nur die entsprechende Willenskraft sie auch zu verwirklichen.

Er konnte sich nicht über einen Mangel an Willenskraft beklagen. An seiner Seite stand Heinrich Marschall, den er quasi von der zukünftigen Konkurrenz abgeworben hatte. Es war nicht so schwer gewesen, denn Heinrich Marschall hatte zwar einen verantwortungsvollen Posten bekleidet und eigentlich hätte er sich auf seinen Lorbeeren, die er sich selbst erarbeitet hatte, ausruhen können, doch er war nicht der Typ dafür. Er gehörte zu jenen Menschen, die in ihrem Leben ständig Herausforderungen brauchten um sich nicht sofort zu Tode zu langweilen.

Dieser junge Mann stand eines Tages in Heinrich Marschalls Büro und fragte ihn geradeheraus ob er Lust hätte mit ihm gemeinsam etwas ganz Neues aufzubauen. Heinrich Marschall fragte nicht lange nach, sondern sah sich diesen Nathanael Keller einfach nur an, ganz genau, sah wie jede Faser seines Körpers vor Entschlossenheit vibrierte, wie bei einem reinrassigen Vollbluthengst, der im Starthäuschen stand und nur darauf wartete das Startsignal zu erhalten um endlich lospreschen zu können. Es gab keine Versprechungen, nur das eine, alles zu geben. Und jetzt standen sie da vor der neuen Fabrik.

Wenige Wochen später waren die Auftragsbücher voll und der Produktionsbetrieb lief auf Hochtouren, während in den Forschungslaboren die besten jungen Köpfe des Landes arbeiteten. Alles lief zur äußersten Zufriedenheit. Heinrich Marschall war von Anfang an

Nathanaels engster Vertrauter und sein bester Mitarbeiter. Mittlerweile waren acht Jahre vergangen, und die Produktion war schon längst ausgelagert worden, da die kleine Fabrik bereits nach kürzester Zeit aus allen Nähten platzte.

In seinem Traum stand Nathanael an genau dieser Stelle wie vor acht Jahren, nur war er diesmal alleine. Der Makler war davongelaufen und auch Heinrich hatte einen Blick auf das Gebäude geworfen, hatte sich umgedreht und war gegangen. Nathanael schaute ihnen kurz hinterher, und fragte sich warum sie ihn nun alle alleine ließen, gerade jetzt, doch dann sah er wieder zu dem Gebäude, und redete sich ein, dass es doch völlig egal war, wo alle hingingen. Er, Nathanael Keller, war sich selbst genug. Er betrat die Fabrik, ging an den Maschinen vorbei, an denen die Arbeiter ganz normal ihre Tätigkeit verrichteten, warf im Vorbeigehen einen Blick in die hinter Glaswänden gelegenen Labore, und nickte zufrieden, da er die Forscher an ihren Mikroskopen und die Versuchsratten und –kaninchen in ihren Käfigen sitzen sah. Dann erreichte er die Büros. Lischen Kronbichler saß an ihren Abrechnungen, wie gewohnt und er betrat sein eigenes Büro.

Nachdem er einige Zeit damit verbracht hatte diverse Zetteln zu lesen, sah er auf und horchte. Tatsächlich, er hatte sich nicht geirrt, es war vollkommen still. Er verließ das Büro, und entdeckte, dass niemand mehr da war. Die Büros, die Labors, die Produktionshalle, alles war verlassen, und wiederum dachte er, das macht nichts, er müsse wohl alles alleine schaffen, und würde es auch. Und so sah er sich an den Maschinen arbeiten, in den Labors forschen, die Abrechnungen machen und sogar als Ratte im Käfig. Immer schneller musste er sein, um alles zu schaffen. Immer mehr trieb er sich selbst an, und es fühlte sich an, als würde er als Hamster gleichzeitig in vier Laufrädern laufen, die sich noch dazu immer schneller und schneller drehten, weil er meinte immer schneller und schneller laufen zu müssen, doch dann konnte er nicht mehr und er fiel.

* * *

Nastasja saß noch immer auf dem Stuhl neben dem Bett, in dem Nathanael lag. Oft saß sie da und sah in die Flammen, in das lebendige Herz des Feuers, wie es gezügelt brannte und seine Wärme schenkte. Doch diesmal sah sie nicht in die Flammen, sondern auf Nathanael, der nun eingeschlafen war. Würde er endlich Ruhe finden im Schlaf? All die Nächte, die er jetzt bei ihr gewesen war, hatte sie ihn beobachtet, war hier gesessen und hatte ihn einfach nur beobachtet. Viel hatte er zu bewältigen, denn es gab keine Nacht, in der er sich nicht unruhig hin und her warf. Seine kurzen schwarzen Haare klebten schweißnass auf seiner fiebernden Stirn. Natürlich unterstützte das Fieber die Unruhe, aber das war es nicht allein. Es brachte vielmehr nur zum

Vorschein, was in ihm schlummerte und das nur zum Vorschein kommen konnte, wenn die Kontrolle nicht mehr so eng geschnürt war. Es musste sehr anstrengend sein sich immer so unter Kontrolle haben zu müssen. Es war wie bei einem Gummiband, das ständig auf den letzten Anschlag angespannt war. Irgendwann musste man ein wenig nachlassen, wollte man verhindern, dass es reißt. Auch sein Inneres war zum Zerreißen gespannt, und nur der Schlaf vermochte ihn dazu zu bringen ein wenig lockerzulassen, der Schlaf und das Fieber.

„Du stellst die falschen Fragen?", dachte Nastasja bei sich, „Du hättest nicht fragen sollen warum ich Dich gerettet habe, sondern warum ich Dich so gerettet habe?" Der Unfallort war ungefähr zwei Kilometer von Nastasjas Hütte im Wald entfernt. Sie hatte den Aufprall gehört. Kurz darauf kam Geri und forderte sie auf ihm zu folgen. Dieser führte sie direkt zu dem Verletzten. Nathanael lag, wohl bei Bewusstsein, aber schwer angeschlagen zwischen den Bäumen. Nastasja besah sich seine Verletzungen. Offenbar war er zwar schwer, aber nicht lebensgefährlich verletzt. Aus etlichen Wunden tropfte Blut, doch es war marginal. Viele Knochen waren gebrochen, aber keines seiner Glieder war unnatürlich verrenkt, nirgendwo ein Knochen durch das Fleisch gedrungen. So holte sie die Bahre aus der Hütte und Geri zog Nathanael die ganzen zwei Kilometer bis zur Hütte. Auf den ersten Blick hatte sie ihn erkannt. Das Auto, der silberne Aston Martin DB9, bestätigte ihre Annahme.

Nicht allzu viele fuhren ein solch elegantes, und zweifelsfrei überteuertes Auto. Warum also holte sie solch einen Menschen, dessen Leben so konträr zu ihrem war und der wahrscheinlich all das verkörperte, was sie so sehr verabscheute? Ihn nicht dort liegen zu lassen, das war selbstverständlich, doch sie hätte ihn genauso gut in den Ort bringen, ihn der Polizei übergeben können oder dem Arzt, so dass er ins Krankenhaus gebracht worden wäre. Dann hätte sie ihre Pflicht sicherlich ausreichend erfüllt, und müsste sich nicht weiter bekümmern. Auch wenn sie diesen Weg gewählt hätte, wäre ihr Gewissen rein gewesen.

Nastasja hatte sich jedoch dafür entschieden ihn mitzunehmen, mit zu sich und ihn und seine Wunden zu versorgen, hatte sich dafür entschieden ihn selbst zu heilen. Warum also hatte sie ihn nicht einfach weitergegeben, sondern diese Aufgabe auf sich genommen? Hatte sie vielleicht vor mehr in seinem Leben zu heilen als nur seinen Körper? Natürlich war es vermessen so etwas anzustreben, zumal sie diesen Mann ja nicht kannte, außer dem, was in den Medien über ihn zu lesen war, aber was hieß das schon. War es denn wahr? Oder hatte sie einfach den Wunsch einen Menschen kennenzulernen, dessen Streben und dessen Ziele den ihren so diametral entgegenstanden, dass eine Annäherung oder ein Verstehen kaum denkbar erschienen.

Nastasja lebte in einer kleinen Hütte im Wald und ihr einziger ständiger Gefährte war ein Wolf. Nathanael bewohnte eine weitläufige Villa im Nobelviertel der nächstgelegenen Stadt, deren Garten so groß war, dass ein Tennisplatz und Swimmingpool darin Platz fanden. Nastasja fertigte Medizin und verkaufte diese. Davon blieb ihr gerade so viel wie sie zum Leben nötig hatte. Ja, sie gönnte sich den Luxus Menschen auch ohne Honorar zu behandeln, und alle, denen sie geholfen hatte, priesen ihre Heilkräfte, obwohl sie nicht müde wurde zu betonen, dass die Kranken sich selbst geheilt hatten. Nastasja hatte dabei nichts weiter getan, als den Zugang zu den Selbstheilungskräften des Menschen zu öffnen. Oft wollte sie keine Medizin verabreichen, weil es gar nicht notwendig war, aber die meisten Menschen brauchen etwas, was sie einnehmen oder auf die Haut streichen konnten, damit sie genau angeben konnten was ihnen geholfen hatte. Es war wie der Kuss der Mutter auf die Wunde, die dafür sorgte, dass sie schneller heilte. Nicht der Kuss war das Ausschlaggebende, sondern die Geborgenheit, die er spürbar werden ließ, die Anteilnahme. Doch es war ein Ritual, an dem man sich festhalten, das man benennen konnte, so wie es späterhin Pulver und Salben waren. Es war ein Festhalten an Dingen, und späterhin eine Sucht und eine Notwendigkeit.

Menschen brauchen Dinge um sich festzuhalten, denn sonst meinen sie abzustürzen. Menschen bräuchten diese nicht, wenn sie Menschen um sich hätten, die ihnen Halt schenkten und denen sie Halt schenken konnten. Nathanael hatte ein großes Unternehmen und war reich, und hatte Dinge, viele Dinge – und brauchte doch immer mehr. Deshalb hatte sie den Schluss gezogen, dass er niemanden hatte, der ihm Halt zu schenken vermochte. „Er suchte Halt", dachte Nastasja, „Und fand ihn, indem er sich nicht mehr festhielt."

Die Tage gingen dahin, beschaulich und ruhig. Nathanael ging es von Tag zu Tag besser und so begann er Nastasja zu begleiten, so weit es ging Miteinander durchstreiften sie den Wald. Nastasja erklärte ihm mit Hingabe die Wirkungsweisen all der Pflanzen, die so unscheinbar wuchsen und deren Kräfte so viel vermochten. Nathanael wurde in eine, ihm völlig fremde Welt eingeführt. Zunächst war er voll Staunen und Bewunderung. Er vermochte es Anteil zu nehmen, sowohl an der Suche und der Herstellung, als auch an den Gesprächen, die Nastasja mit Hilfesuchenden führte. Nicht, dass er sich eingemischt hätte. Er hörte nur zu. Sehr oft gingen die Menschen wieder ohne eine Medizin mitgenommen zu haben, und dennoch schienen sie gesundet. „Was machte diese Frau nur mit ihnen?", dachte Nathanael immer wieder, um gleich hinzuzufügen, „Was hat sie mit mir gemacht?" Nastasja machte nicht viel oder, wie es in seinen Augen erschien, sie machte nichts. Wie eine Kaffeerunde erschien ihm so manche Unterredung, so wie sie von Frauen mit ihren

Freundinnen veranstaltet wurden. Natürlich waren die Inhalte der Gespräche andere, aber letztendlich kam es in seinen Augen aufs selbe heraus.

Bald schon meinte er alles gesehen zu haben, und umso weiter seine Genesung voranschritt, desto mehr begann er sich zu langweilen. Es verlangte ihn immer mehr in die Zivilisation. Die Ruhe, die er während seiner Rekonvaleszenz so genossen hatte, begann ihn nervös zu machen. Er wollte wieder unter Menschen, irgendwelche Menschen, die sich dem Strom des Faktischen ergaben und einfach da waren, ohne unangenehm zu werden, die zwar um ihn waren, aber ihn nicht weiter berührten, die aufzeigten, dass Leben da war, für das er jedoch keine Verantwortung übernehmen musste. Er wollte in eine Stadt, sich mitten hinein fallen lassen in das Treiben und die Hektik, mitten hinein in das, was er das pralle Leben nannte. Er wollte wieder dabei sein, ohne zu nahe zu kommen. Doch da war eine Kleinigkeit, die ihn Sorge bereitete. Was war mit seiner Frau? Immer noch sah er das Bild von jener Begebenheit klar vor sich, und doch sollte es nicht gewesen sein. Aber was sollte er anfangen, dort draußen in der Welt? Doch sofort obsiegte sein Selbstbewusstsein. Er hatte es einmal geschafft, er würde es auch ein zweites Mal schaffen.

Der Wunsch nach Flucht vor dieser Art der Nähe, die im nach und nach immer unheimlicher wurde, kam nicht von ungefähr. Nastasja hatte ihn teilhaben lassen, ihn mit hinein genommen in ihr Leben. Wäre jetzt nicht die Reihe an ihm gewesen etwas von sich preis zu geben, sich zu öffnen und ihr in aller Offenheit zu begegnen? Doch alleine der Gedanke daran ließ ihn erschauern. Ein paar Mal hatte Nastasja den Versuch gewagt ihn zu fragen, über seine Kindheit, über seine Familie, über seinen Werdegang. Letzteres beantwortete er noch relativ bereitwillig, weil es noch weit genug von ihm weg war. Es handelte sich um kalte, nackte Fakten. „Wie war Deine Kindheit?", hatte Nastasja eines Tages gerade heraus gefragt. „Schrecklich. Ich war eines von zehn Kindern in einem Bauernhaus. Wir hatten zu viel zum Sterben und zu wenig zum Leben", antwortete er barsch und kalt. Sie fragte nicht weiter nach, weil sie genau wusste, dass er nicht mehr sagen wollte, aber er war überzeugt davon, dass sie wieder davon anfangen würde, immer wieder. Er wollte das nicht, denn allein die Frage, die so unschuldig anmutete, versetzte ihn zurück in diese grauenvolle Zeit, an die er nie wieder denken wollte.

„Du möchtest mich verlassen", sagte Nastasja an einem dieser Tage zu ihm, und es klang, als würde sie es zu einem Kind sagen, von dem sie annahm, dass es jetzt so weit war sein Elternhaus zu verlassen und woanders sein Leben zu leben, dass es in der Lage war seinen eigenen Weg zu gehen. „Hattest Du denn noch nie das Bedürfnis nach Abwechslung? Hast Du Dich denn hier noch nie gelangweilt?", fragte Nathanael gerade heraus, ihre Aussage völlig ignorierend. „Nein, ich habe mich noch nie gelangweilt. Der Wald zeigt sich mir jeden Tag in einem neuen Bild und ich erfahre so viele Geschichten, die ich tragen muss. Nicht in den aufgesetzt fröhlichen Gesichtern, nicht in den Funktionierenden findet sich das Eigentliche, sondern in der Gebrochenheit, in denen, die sich nach einer anderen Seinsart sehnen als die der bloß maschinellen Funktionalität, lebt das Leben, atmet die Liebe. Das kann mich nie langweilen, das ist die regeste Abwechslung, denn jede Geschichte ist anders und neu und einzigartig, aber Du bist noch nicht so weit das zu sehen", entgegnete Nastasja, und zum ersten Mal während all der Zeit – waren es bloß mehrere Wochen oder doch schon Monate gewesen? – die er hier verbracht hatte, wurde Nathanael wütend: „Ich bin noch nicht so weit? Aber Du, Du hast die Weisheit mit dem Löffel gefressen und weißt wie es ist, wenn man so richtig ausgewachsen ist. Du bist über alles erhaben und hast die Sphäre der normalen Menschen verlassen. Ich sag Dir was, ich lasse mich nicht länger klein machen von Dir und wie ein Kind behandeln. Ich will weg und endlich leben, so wie ich es verstehe und ich es für richtig halte." Geri knurrte bedrohlich. Nastasja hatte ihn nur ruhig angesehen, und blickte noch einige Zeit hinaus, nachdem er die Hütte bereits verlassen hatte. Zielstrebig ging er dem Dorf entgegen.

Nastasja blieb sitzen, hier, wo sie gesessen hatte, als er die Hütte verließ. „Nathanael", formten ihre Lippen den

Namen lautlos. Ob er wohl wusste, dass dieser Name „Gott hat gegeben" bedeutete? Ob er sich wohl im Klaren darüber war, dass er eine Gottesgabe, ein Gottesgeschenk war? Natürlich war das jeder Mensch, aber ihm, ihm war es wie ein Siegel eingeprägt worden. Nastasja hatte daran gedacht, während der vielen Stunden, die sie an dem Lager wachte, in denen er damit rang genesen zu können oder sich aufzugeben. Sie war sich keineswegs sicher gewesen, dass er diesen Unfall überleben würde, keineswegs überzeugt, dass er nicht doch am Ende seiner Kräfte wäre. Nastasja harrte aus, bis zu jenem Punkt, da sein Atem sich beruhigte und auch sein Schlaf an Tiefe gewann, bis zu jenem Punkt, den sie als Tiefpunkt bezeichnen würde. Wenn er diesen Punkt überstanden haben würde, das wusste sie, würde er wieder genesen, und erst da gestattete sie sich selbst zu schlafen, sich selbst wieder zu Kräften zu kommen.

Dazwischen, während all der unendlich langen Stunden, die sie damit zubrachte zu versuchen heilend und beruhigend in sein Fieberdelirium einzuwirken, zu ihm durchzudringen, hatte sie immer wieder kurz eingenickt, aber gleich wieder hochgeschreckt. Sie durfte ihn nicht verlieren. Er war auch ein Geschenk an sie, auch wenn sie nicht genau wusste ob es ein gutes oder ein schlechtes Geschenk war, eines das sie bereicherte oder ärmer machte. Aber sie hatte schon viel zu viel verloren in ihrem Leben, und einfach nur zugesehen, weil sie keine andere Wahl hatte. Sie wollte es nicht noch einmal erleiden. Auch wenn sie diesen Menschen nicht kannte, nichts über ihn wusste, so war sie überzeugt, dass sie es nicht verschmerzen würde nochmals zu versagen und dem Tod das letzte Wort lassen zu müssen. Es durfte einfach nicht geschehen. Sie war überzeugt davon, dass das Schicksal sie dazu ausersehen hatte Leben zu retten, denn wozu wäre sie sonst zwei Mal dem Tod, dem sicher scheinenden Tod entronnen, wenn nicht dafür ihre Aufgabe zu erfüllen. Konnte das Schicksal denn so grausam sein, dass es ihr zuerst alles nahm, was sie liebte um sie nur deshalb zu verschonen, dass sie das ganze Meer des Leidens durchschwamm, für nichts und wieder nichts?

Wenn Nathanael stirbt, so lautete ihr Entschluss, dann werde ich auch meinem Leben ein Ende setzen, um endlich heimzukehren, zu Sven und Mirja, endlich wieder mit ihnen vereint zu sein, doch Nathanael schaffte es und Nastasja schöpfte neuen Mut. Denn es gibt nur eine Endgültigkeit, und die ist der Tod. Dieser Weggang, das war vielleicht ein Umweg, der notwendig ist, bis sie so weit sein würden, aber nein, endgültig musste er nicht sein. Immer noch sah sie ihm nach. Längst war er verschwunden. Die Nacht war hereingebrochen. Seine Wunden waren verheilt, soweit zumindest, dass es nicht mehr gefährlich war. Ein paar Schrammen noch, aber da war etwas anderes, was ihr Sorgen bereitete. Er war so fest davon überzeugt gewesen, dass er seine Freu erdrosselt hatte, dass man es ihm wirklich hätte glauben könnte. Nun war er nicht der Mann, der viel auf Phantasie gab, schon gar nicht sich darin verlor. Deshalb wusste Nastasja nur zwei Möglichkeiten wie es zu dieser Vorstellung gekommen war. Entweder hatte man ihm halluzinogene Drogen verabreicht oder er hatte eine Geisteskrankheit. Mit beidem wollte sie ihn nicht alleine lassen. Vielleicht war es auch noch eine Auswirkung dieser Drogen, dass er so Hals über Kopf ihr Haus verlassen hatte, die ihm eine andere, schönere Welt vorgaukelte. Aber hatte sie denn eine Wahl gehabt? Hätte er ihr geglaubt, in seinem Wahn? Hätte er ihr denn überhaupt zugehört? Hätte sie zu ihm durchdringen können? Da war etwas, was viel stärker war, als ihre Worte es je sein könnten, etwas, wie ein Trieb, der alles andere verdeckte. Schon stand sie auf um ihm zu folgen, bevor sie sich eines Besseren besann. Nein, er musste selbst draufkommen. Dann erst konnte er ihre Hilfe annahmen. Nathanael, die Gabe Gottes. Es musste eine Bedeutung haben. Geri kam zu ihr und legte seinen Kopf auf ihre Knie, als wollte er ihr sagen, dass alles gut werde. Und die Ruhe kehrte zurück.

**

Nathanael war davongestürmt. Es war ihm unerträglich geworden, diese ewige Besserwisserei, diese ständige Bevormundung. Er fühlte sich eingesperrt und unter ständiger Beobachtung. Wer war sie denn? Eine einsame Frau, die sich im Wald herumtrieb und seltsame Tränke braute und Salben mischte. Eine Hexe. Ja, das war sie, und doch strich er diesen Gedanken sofort wieder. Warum hätte sie ihm sonst geholfen, wenn sie böse wäre? Es gab ja auch weiße Hexen, fiel ihm ein, aber dennoch verblieb ein öder Beigeschmack. Nathanael wusste, dass er Nastasja Unrecht tat, aber das störte ihn nicht. Schließlich brauchte er einen triftigen Grund warum er sie so schlecht behandelt hatte, trotz all ihrer Fürsorge. Aber warum brauchte er einen Grund? Er hatte es eben einfach nicht mehr ausgehalten. Mehr Grund brauchte er nicht, nicht für sich und ihr, ihr war er ganz bestimmt keine Rechenschaft schuldig. Sicher, sie hatte ihm geholfen, aber er hatte sie nicht darum gebeten. Warum sollte er für etwa dankbar sein, was sie von sich aus getan hatte, obwohl er selbst das vielleicht gar nicht wollte? Nein, nicht vielleicht, er wollte es ganz bestimmt nicht. Sein Wunsch war es gewesen zu sterben, und sie hatte ihn einfach gerettet. Da musste sie das schon aushalten.

Das ohrenbetäubende Geräusch quietschender Reifen riss ihn unvermittelt aus seinen Gedanken. So sehr war er darin versunken gewesen, dass er gar nicht bemerkt hatte, dass der Wald bereits hinter ihm lag und er nun mitten im Dorf stand. Jetzt erst fragte er sich was er eigentlich mit sich anfangen wollte und es wurde ihm bewusst, dass er nichts hatte was ihm nutzen konnte, niemanden, an den er sich hätte wenden können. Hatte er denn wirklich eine andere Wahl als zurückzukehren?

Automatisch griff er in seine Hosentasche. Seine Brieftasche war noch da und prall gefüllt. Da wusste er was er zu tun hatte, denn er wollte Gewissheit, Gewissheit darüber, was nun wirklich geschehen war, in den Augenblicken, bevor er überstürzt das Haus verlassen hatte um sich umzubringen. Sollte es wirklich alles nur Einbildung gewesen sein? Aber wie konnte eine Einbildung so lebensecht wirken, so unverstellt und real? Für ihn gab es nichts, was sich nicht begreifen ließ. Er hielt nichts von Esoterikquatsch und Unterbewusstsein und wie der Humbug sonst noch hieß. Entweder hatte er seine Frau erwürgt oder er war verrückt. In seinem Denken gab es nur diese zwei Möglichkeiten.

3. Wohin wir zurückkehren

Nathanael winkte einem Taxi und sprang hinein. Stirnrunzelnd musterte ihn der Taxifahrer. „Wo wollen wir denn hin?", fragte er gedehnt. „Ich weiß ja nicht wo Sie hinwollen,", entgegnete Nathanael, und sein Ton hatte wieder das Herrische, das er selbst so sehr daran schätzte, „ich für meinen Teil will nach Hause, und das so schnell wie möglich. Also setzen Sie das Schrottding in Bewegung." „Und wo soll dieses Zu Hause sein?", fragte der Taxifahrer weiter, völlig unbeeindruckt. Nathanael nannte die Adresse. „Das ist aber schon sehr weit ...", meinte der Taxifahrer gedehnt, und sein musternder Blick wurde noch durchdringender. Langsam sah Nathanael an sich herab. Die Jean und das T-Shirt, das er trug stammten aus einem Second-Hand-Laden. Nastasja hatte diese für ihn besorgt, weil seine eigenen Kleider total zerrissen und blutig waren. Sonst hätte er nichts zum Anziehen gehabt. Fast entschuldigend klang es, als sie es ihm erzählte. Für ihn war jedoch nur wichtig, dass er etwas zu Anziehen hatte. Wortlos zog er ein paar Scheine aus seiner Brieftasche und reichte sie dem Taxifahrer. Seine Sorge hatte also nur dem Geld gegolten, denn sofort setzte sich der Wagen in Bewegung. „Mit Geld kann man alles erreichen und alles haben", dachte Nathanael lächelnd, „Ich hatte doch recht."

Eine knappe Stunde später rollte das Taxi die Auffahrt zu seiner Villa hinauf. Eilfertig sprang der Taxifahrer heraus und öffnete Nathanael die Tür. „Behalten Sie den Rest", meinte Nathanael jovial, und wandte sich dem Eingang zu, ohne ihn weiters zu beachten, denn etwas anderes hatte seine Aufmerksamkeit gefesselt. Viele Autos standen vor dem Haus, und als er eintrat wimmelte es darin nur so von Menschen. Er hatte den Eindruck, dass er mitten in eine Party geplatzt war. „Nathanael, da bist Du ja endlich!", hörte er eine wohlbekannte Stimme, und wenige Sekunden später wurde er von zwei Armen umschlungen. Es war Sonja, seine Frau.

* * *

Nastasja raffte sich auf. Sie konnte nicht einfach hier sitzenbleiben und warten, obwohl sie sich wie erschlagen fühlte. Eigentlich hatte sie geglaubt, sie hätte es endlich gelernt mit Verlusten umzugehen, doch es ist jedes Mal anders. Schmerzlich wurde ihr bewusst, dass man Verlust nicht lernen kann. Er ist immer neu, trifft immer neu und unvermittelt. Wie viele Jahre waren vergangen?

Mirja hatte ihren sechsten Geburtstag gefeiert. Deshalb machten sie sich auf den Weg in ein Einkaufszentrum, in dem sie ein Kleid gesehen hatte, das sie für das schönste der Welt hielt. „Na dann werden wir es wohl kaufen müssen", sagte Nastasja lachend, und umarmte ihre Tochter, die freudestrahlend in ihre Arme gelaufen war. Sven stand daneben und beobachtete die herzliche Szene zwischen Mutter und Tochter. „Aber jetzt ab ins Auto, sonst sperren sie noch zu bevor wir da sind", mischte Sven sich nun ein und öffnete ihnen galant die hintere Wagentüre. Nastasja legte einen Arm um ihren Mann. Sie war so glücklich gewesen. Es war einfach alles erfüllend, seit sie einen gemeinsamen Weg gefunden hatten und diesen auch beschritten.

Der Student, der sich nicht konzentrieren konnte und deshalb mit ihr lernen wollte, hatte sich als der Mann ihres Lebens entpuppt. Ein Verstehen, das tiefer ging als jegliches andere, ein Miteinander, das wachsen ließ und Freiheit ermöglichte war ihnen geworden. Nun waren sie in die Verantwortung getreten, füreinander und über sich hinaus für ihre Tochter.

Marja blieb stehen und sah bittend zu Nastasja hoch. „Darf ich bitte, bitte bei Papa vorne sitzen, weil heute mein Geburtstag ist?", fragte sie inständig, und setzte ihr süßestes, gewinnendstes Lächeln auf. Nastasja wusste, sie sollte Nein sagen, doch sie brachte es nicht über sich. Da war ein dumpfes Gefühl, eine leise Stimme in ihr, die ihr zuraunte, dass sie es nicht erlauben sollte. Wie sollte sie das erklären? Wahrscheinlich war sie ja nur hysterisch. „Aber ganz ausnahmsweise", setzte sie hinzu, und die Freude war überwältigend. Als sie der Lastwagen frontal rammte, sah sie noch wie ihr Mann und ihre Tochter starben. Doch wäre es besser gewesen, wäre sie selbst vorne gesessen? Dann wäre Marja jetzt eine Waise. Marja hätte bei ihr hinten sitzen müssen, oder Sven mit ihr, ganz gleich, aber so hatte Nastasja innerhalb weniger Sekunden alle Menschen verloren, die ihre wichtig waren. Leer und zerrissen fühlte sie sich, doch es musste einen Grund haben, dass sie nicht mit ihnen gehen durfte, dass sie ihren Verlust beweinen und bleiben musste. Seitdem war sie auf der Suche nach diesem Grund.

Immer, wenn sie half fühlte sie sich der Antwort eine wenig näher, und doch auch ein wenig entfernter, denn wenn sie all den anderen helfen konnte, warum nur nicht ihrer eigenen Familie. Menschen, die mit ihr nichts zu tun hatten, konnte sie retten, doch die, die sie berührten, die konnte sie nicht halten. Und jetzt, viele Jahre später hatte sie wieder einen Verlust erlitten, doch diesmal wusste sie noch nicht einmal worin dieser Verlust bestand. Nie wieder wollte sie ihr Herz an jemanden hängen, hatte sie sich damals vorgenommen. Natürlich war es ihr auch gelungen, doch etwas war anders als vorher. Geri stand ihr nahe. Sonst niemand. Der große weiße Wolf spürte ihre Trauer und war bei ihr.

„Du wirst mich auch eines Tages verlassen", sagte Nastasja gedankenverloren, „Eines Tages, wenn Du Dich einer Wölfin anschließen und mit ihr gehen wirst. Das ist der Lauf der Welt. Marja hätte mich auch verlassen, hätte ihr eigenes Leben gelebt. Das wäre richtig gewesen. Aber so, das ist nicht richtig. Das kann nicht richtig sein." Sven und Marja lebten nach wie vor in ihr.

Äußerliche, gegenständliche Erinnerungen zu haben oder nicht zu haben macht keinen Unterschied. Entweder lebt ein Mensch in uns, oder wir waren ihm niemals verbunden. Und das Band zwischen den dreien bestand bis heute. Nastasja raffte sich auf und arbeitete, so wie sie es gewohnt war, nur dass es ihr an diesem Tag noch ein wenig schwerer fiel als sonst. Wo er wohl hingegangen war? Ob er Gewissheit gefunden hatte? Unbewusst schlang sie sich den Schal fester um den Hals. Nastasja hatte Nathanaels Gewand verbrannt, denn es war zerrissen und blutig gewesen, nur den Schal, den hatte sie behalten, nachdem der noch fast unbeschädigt war. Ein paar Risse und ein paar Blutsspritzer hatte er abbekommen, nichts weiter. Als Nathanael so unvermittelt ging war der Schal hiergeblieben. Jetzt trug sie ihn. Er machte sich gut zu ihren Wildlederhosen und dem braunen Hemd.

* * *

„Oh wie schön, dass Du wieder da bist!", rief Sonja aus. Sie ging gerade die Treppe herunter, als Nathanael das Haus betrat und sich verwirrt umsah. „Aber ich verstehe das nicht ....", sagte Nathanael. „Was verstehst Du nicht?", fragte Sonja noch immer lächelnd. Wollte sie ihm tatsächlich signalisieren, dass sie sich freute ihn zu sehen oder war das ein Schauspiel für die Anwesenden. „Dass Du da bist und all die Leute hier in meinem Haus ...", antwortete Nathanael rudimentär. „In unserem Haus, wolltest Du wohl sagen, aber wie auch immer. Ja, das Leben ist weitergegangen, auch ohne Dich. Ich musste doch an die Firma denken. Du weißt, dass es sich nicht gut macht vor unseren Geschäftskollegen, wenn sie das Gefühl haben, dass irgendetwas nicht stimmt", entgegnete Sonja, um leiser hinzuzusetzen, „Ich würde vorschlagen, dass Du Dich passender kleidest und vielleicht frisch machst." „Das ist eine gute Idee", meinte Nathanael. Er war froh einen Grund zu haben nach oben zu gehen.

Nachdenklich legte Nathanael im Bad Jeans und T-Shirt ab und sorgfältig zusammen, um die Sachen in einer Lade zu verstecken, ganz hinten, wo sie niemand finden würde. Die Dusche tat ihm gut, das warme Wasser, die sanfte Berührung. Nahm er es wahr? Seit wann nahm er so etwas wahr? Bis jetzt hatte er all diese Dinge als notwendiges Übel betrachtet, das getan werden musste, aber jetzt war er bei der Sache, und es war ein neues Erleben. Anschließend rasierte er sich und zog sich an, um sich nun ungezwungen unter die Leute mischen zu können.

Im Vorbeigehen grüßte er den ein oder anderen, wechselte ein paar Worte mit diesem oder jenem. Bedeutungslos, und doch, gerade diese

Bedeutungslosigkeit strengte ihn an. Ermattet ließ er sich auf die Couch sinken. Genau das war es doch gewesen, wonach er sich gesehnt hatte, inmitten von Menschen zu sein ohne sich einlassen zu müssen, und doch fühlte er sich leer und überflüssig. Sonja wirbelte durch die Gäste. Sie fühlte sich wohl, ganz offensichtlich. Das kurze rote Kleid betonte ihre großartige Figur

„Champagner?", fragte Sonja, als sie sich neben ihn setzte und ihm ein Glas in die Hand drückte, ohne seine Antwort abzuwarten. „Warum bist Du so?", fragte Nathanael und trank das Glas aus, in einem Zug. „Ich bin immer so", antwortete Sonja, „Was ist nur los mit Dir?" „Willst Du gar nicht wissen wo ich war?", wich Nathanael aus. „Eigentlich nicht. Du hast das ja immer schon so gemacht, einfach mal zu verschwinden. Wenn ich mir da jedes Mal Gedanken gemacht hätte, ach da hätte ich inzwischen viele Falten …" „Und all die Schönheitsoperationen wären für die Katz gewesen", ergänzte Nathanael grimmig, „Es ist erstaunlich. Manches merkst Du Dir für immer, und anderes vergisst Du gleich wieder", sagte Sonja sinnend.

„Aber ich habe Dich umgebracht, weil Du mir offen sagtest, dass alles bloß eine Farce war, alles nur Theater, Deine Gefühle für mich, unsere Heirat, Deine Loyalität, einfach alles", spie Nathanael endlich aus. Plötzlich kehrte Stille ein und aller Augen wandten sich ihm zu. Hatte er wirklich so laut gesprochen? „Was hast Du? Also heute hast Du wirklich einen eigenen Humor", entgegnete Sonja, sichtlich nervös, „Alles in Ordnung", wandte sie sich an die Gäste, „Wir scherzen nur." „Du bist nervös, und ich würde gerne wissen warum", sagte Nathanael völlig unbeeindruckt, „Und Dein Herr Doktor, der kann Dir jetzt auch nicht helfen. Prost Dr. Wald! Vögeln Sie immer noch meine Frau?" „Jetzt reicht es aber!", mischte sich Sonja ein, „Du benimmst Dich furchtbar!" „Tu ich das?", meinte Nathanael süffisant, „Ja, man kann so vieles tun, nur reden darf man nicht darüber. Vielleicht habe ich es mir nur eingebildet Dich zu erwürgen, aber es war eine verdammt gute Vorstellung. Du oberflächliches, geldgeiles Flittchen. Champagner!" Sofort wurde ihm nachgeschenkt. Nach und nach verabschiedeten sich die Gäste. Sonja zog sich zurück und Nathanael blieb sitzen.

Hatte er sich wirklich auf den Trubel gefreut? Er war so leer und schüttete den Champagner in sich hinein. Die Menschen waren ihm auf die Nerven gegangen, doch jetzt war endlich Ruhe eingekehrt. Langsam fielen ihm die Augen zu, als er plötzlich aufschreckte. Ein Licht war angegangen und ein Winseln zu hören, ein klägliches Winseln. Es kam aus der Küche. Nathanael stand auf, schwankend. Er fand einen Jungen, der am Boden kniete, doch Nathanael konnte ihn nicht erkennen, denn er wandte ihm den Rücken zu, bis der Junge aufstand.

„Joshua, Du?", stieß er heraus, als er seinen Bruder erkannte, doch dann sah er den Hund, seinen Hund, der tot am Boden lag. „Bist Du jetzt traurig?", höhnte Joshua, „Ich habe ihn umgebracht!" Und er begann zu lachen. „Du warst das? Das wirst Du mir büßen!", stieß Nathanael aus und stürzte sich auf den Jungen.

* * *

Sven und Marja hatten sie verlassen. Wie gerne wäre Nastasja mit ihnen gegangen, aber sie durfte nicht. Darin fügte sie sich, doch bleiben konnte sie nicht, an dem Ort, an dem sie mit ihrer Familie so wunderbare Jahre verbracht hatte. Kurze Zeit später verkaufte sie das Haus und zog fort, weit genug weg um nicht immer wieder erinnert zu werden, aber nicht so weit, dass sie völlig den Halt verlor, denn die Erinnerung ist ein starkes Band an die Welt, und dieses sollte das einzige bleiben. Instinktiv wich sie den tieferen Bindungen an Menschen aus. Sie war ihnen nahe, doch niemals so sehr, dass ihr ein Weiterziehen schwergefallen wäre. Eine Mischung aus Anziehung und Distanz kennzeichnete sie. Es war eben jene Mischung, die Menschen polarisiert, die dazu führte, dass Nastasja verehrt und gehasst wurde. Sowohl die Verehrung wie auch der Hass saßen tief – und Nastasja zog weiter. Erst als sie Geri rettete blieb sie länger an einem Ort, bis der Hass eskalierte und sie beinahe in den Flammen umgekommen wäre. Wenn sie damals etwas geahnt hatte, so wusste sie es gut zu verbergen, sogar vor ihr selbst, doch diesmal blieb sie achtsam. Ein Unheil kündigte sich an.

Nastasja war unruhig und unkonzentriert. Irgendetwas würde geschehen, doch sie hatte keine Ahnung was. Geri war ebenso unruhig wie sie, doch vermochte sie nicht zu sagen ob er ihre Unruhe annahm und mittrug oder ob er auch das Drohende spürte. Nastasja versuchte sich so gut wie möglich abzulenken. Tagsüber gelang es, einigermaßen, doch wenn sie sich schlafen legte hatte sie keine Möglichkeit mehr auszuweichen. In dieser Zeitspanne zwischen Wachen und Schlafen, ereilen uns unsere Gedanken mit ungefilterter Härte und wir fühlen uns ihnen ausgeliefert. Lange wälzte sich Nastasja hin und her, bevor sie langsam einschlief, als ein klägliches Winseln anhob. „Geri!", schoss es Nastasja durch den Kopf und sprang aus dem Bett, rannte so wie sie war hinaus in den nächtlichen Wald. Der große, weiße Wolf lag lang ausgestreckt unweit der Hütte. Nastasja rannte zu ihm, voll Sorge. „Was hat man mit Dir gemacht?", schoss es Nastasja durch den Kopf. Das starke Tier rührte sich nicht, auch nicht, als sie sich neben ihn kniete. Sachte legte sie ihre Hand auf seine Brust. Nein, er war nicht tot, denn der Brustkorb hob und senkte sich regelmäßig. Da entdeckte sie den Betäubungspfeil. Sie zog ihn heraus, doch es war zu spät. Das Mittel war bereits in seinem Körper. „Alles wird gut!", sagte sie leise, doch mehr um sich selbst zu beruhigen, als sie einen kleinen, brennenden Schmerz spürte und im nächsten Moment vornüber sank. Jetzt konnte sie doch noch schlafen, wenn auch nicht ganz freiwillig.

Es mussten etliche Stunden vergangen sein, denn als sie erwachte, stand die Sonne schon hoch am Himmel. Ihr ganzer Körper schmerzte vom Liegen auf dem harten Waldboden. Sie versicherte sich, dass es Geri gut ging, um danach in die Hütte zurückzukehren. Auf den ersten Blick schien alles unberührt. Erst als sie genauer hinsah, erkannte sie, dass ihr Laptop verschwunden war. Zunächst hatte sie gedacht, es wäre wieder ein Überfall durch jemanden gewesen, der sie aus dem Weg haben wollte, der zu jener Partei gehörte, die sie hasste, aber dann hätte er sie im Wald nicht nur betäubt. Diesmal ging es um etwas anderes. Doch sie hatte keine Ahnung worum. Hatte es etwas mit Nathanael zu tun? Hatte er gar jemanden geschickt, um seine Spuren zu verwischen, die Vergangenheit auszulöschen. Aber warum sollte er das tun? Wusste sie vielleicht etwas über ihn, was sie nicht wissen sollte? Aber wenn dem so war, so war es sehr unwahrscheinlich, dass Nathanael diese Leute geschickt hatte, denn er müsste wissen, dass sie für sich behielt, was sie von ihm erfahren hatte. Aber was sollte das sein? Schließlich hatte er nichts von sich preisgegeben. Immer war er zurückgewichen, wenn es darum ging mehr aus sich herauszugehen, die Vergangenheit wieder aufleben zu lassen. Dann war es möglicherweise jemand aus seinem Umfeld gewesen. Konnte es etwas mit dieser Vorstellung zu tun haben, dass er seine Frau erwürgt hätte? Gab es jemanden, dem daran gelegen sein konnte, dass sie dieses Wissen für sich behielt? Nastasja packte zusammen. Sie konnte nicht einfach hier herumsitzen und warten bis wieder etwas geschah. Sie musste der Sache auf den Grund gehen. Kurze Zeit später saß sie im Taxi auf dem Weg zu Nathanael. Geri würde sie finden, wo immer sie auch war.

* * *

Nathanael war ungefähr zehn gewesen, als ihn sein Vater in den Wald schickte um Holz zu sammeln. Es war ein sonniger und dennoch kalter Herbsttag gewesen. Er war schon ziemlich tief im Wald, denn er wusste genau, dass er erst nach Hause kommen durfte, wenn der Korb bis oben hin mit Holz gefüllt war. Die Dämmerung setzte bereits ein, und er beschloss umzukehren, als er ein klägliches Wimmern vernahm. Es kam von einem Laubhaufen. Als er genau hinsah entdeckte er einen kleinen Welpen. Völlig verängstigt, zitternd und halb verhungert saß er unter einem Baum im Laub. Nathanael hob ihn behutsam hoch, wobei der bemerkte, dass seine Pfote verletzt war. Der kleine Kerl tat ihm leid. So nahm er ihn mit nach Hause und päppelte ihn auf. Seit diesem Tag wich Floh, wie Nathanael ihn nannte, ihm nicht mehr von der Seite. Floh wuchs zu einem großen, kräftigen Rüden heran, so dass der Name bald so gar nicht mehr passte. Überall war er dabei. Wenn Nathanael zur Schule ging, legte sich Floh in den Garten und wartete bis Nathanael wieder herauskam, und nachts schlief er neben seinem Bett. Zwei Jahre gingen so dahin und Nathanael hatte sein Herz an diesen Hund gehängt. Er merkte es allerdings erst, als er eines Morgens verschwunden war und nicht mehr auftauchte.

„Wird wohl woanders untergekrochen sein, der verlauste Köter", spottete Nathanaels Bruder Joshua. Nathanael suchte nach ihm, überall, doch er fand ihn nicht. Tag um Tag hoffte er, dass Floh zurückkehren würde, doch er kam nicht. Und jetzt wusste Nathanael endlich was wirklich passiert war, warum Floh nicht zurückgekommen war. Floh hatte ihn nicht verlassen, Joschua hatte ihm seinen Hund weggenommen. Er nahm das Messer, das auf dem Küchentisch lag und stach zu. Einmal. Zweimal. Dreimal. Immer und immer wieder, bis Joshua sich nicht mehr rührte. Dann ließ Nathanael das Messer fallen und hob seinen Floh auf, um ihn zu begraben, direkt vor der Terrasse. Jeden Tag sollte es ihn daran erinnern, dass man niemandem trauen sollte, dass die Menschen zum Schlimmsten fähig sind, vor allem jene, die einem am Nächsten stehen.

„Ich habe es immer gewusst, Miriam, es zahlt sich nicht aus zu den Menschen gut zu sein. Immer wird es Dir schlecht vergolten", sprach er vor sich hin, als er das Loch grub und Floh darin bettete.

„Du hast Unrecht", erklärte ihm Miriam, die nun hinter ihn getreten war, „Auch wenn es jetzt nicht danach aussieht, aber es ist gut gut zu sein, denn es geht nicht darum wie es Dir vergolten wird, sondern wie Du Dich dabei fühlst. Es geht darum, dass Du Dich selbst im Spiegel anschauen kannst."
„Ja, das stimmt", bestätigte Daniel, ihr jüngster Bruder.
„Wie meinst Du das?", fragte Nathanael, „Geht es Dir gut, Daniel? Du warst wohl der Einzige, der mir nie etwas getan hat."
„Kunststück, ich war ja auch erst drei, als Du uns verlassen hast, uns mit den Eltern und dem Onkel alleine ließt. Dabei wäre es Deine Pflicht gewesen uns zu beschützen." „Beschützen? Wovor denn beschützen?", fragte Nathanael.
„Vor der Mutter, die uns immer schlug", meinte Daniel.
„Vor dem Onkel, der uns anfasste, auch wenn wir das nicht wollten", sagte Rebekka, die auf der anderen Seite von Nathanael stand.
„Rebekka? Auch Du?", sagte Nathanael schaudernd, „Ich habe das doch alles nicht gewusst, nichts gewusst."
„Das sagen sie alle", hörte Nathanael eine weitere Stimme, und entdeckte einen anderen Bruder von ihm an der Stirnseite des Grabes, Michael, „Aber wir werden es Dir erzählen, was passiert ist, nachdem Du gingst."
„Nein, es hat nicht erst begonnen, als er gegangen ist, es war schon vorher, aber er wollte es nur nicht sehen. Hat sich immer nur um seinen eigenen Kram gekümmert?", warf Ezechiel ein, der Daniel am nächsten stand.

„Willst Du wissen, wie das wirklich war, mit den Süßigkeiten damals?"
„Willst Du wissen wer Dein Geld wirklich genommen hat, damals?", mischte sich nun auch Gabriel ein.
„Nein, er will es nicht wissen. Er hat nie etwas wissen wollen", verkündete Joshua. Blutüberströmt stand er plötzlich neben Nathanael, das Messer in der Hand.
„Doch, ich will es wissen!", schrie Nathanael, „Ich war mir so sicher, und ihr habt es auch zugegeben."
„Siehst Du, es hat keinen Zweck mit ihm", sagte Rebekka, „Nichts haben wir zugegeben. Wir haben nur nichts dagegen gesagt, als Du uns beschuldigtest."
„Weil wir Angst hatten vor dem Vater", sagte Michael.
„Weil wir Angst hatten vor der Mutter", meinte Emmanuel.
„Weil wir Angst hatten vor dem Onkel", sagte Gabriel.
„Aber vor Dir hatten wir keine Angst. Gegen Dich hätten wir uns gewehrt, vielleicht", meinte Miriam, „Du hast uns nichts getan. Du hast Dich auch nicht gewehrt."
„Aber wer war es dann, wenn ihr es nicht wart?", fragte Nathanael voller Verzweiflung, „Dabei war doch alles so offensichtlich. Ihr seid dagesessen und habt Süßigkeiten gegessen. Es waren so viele, wie wir in unserem ganzen Leben zusammen nicht gesehen haben. Ich wusste keine andere Erklärung."
„Weil Du gar nichts wusstest", entgegnete Miriam lapidar.
„Nichts vom Vater", sagte Michael.
„Nichts von der Mutter", meinte Emmanuel.

„Nichts vom Onkel", sagte Gabriel.
„Es ist nicht immer alles so wie es aussieht", meinte Rebekka, „Aber Du hast es Dir ja leicht gemacht, immer hast Du es Dir leicht gemacht. Nie hast Du Dich um uns gekümmert."
„Dann sagt es mir doch endlich wie es war. Ich will es wissen", rief Nathanael aus.
„Willst Du es wirklich wissen, vom Vater?", fragte Michael.
„Willst Du es wirklich wissen, von der Mutter?", fragte Emmanuel.
„Willst Du es wirklich wissen, vom Onkel?", fragte Gabriel.
„Er traut sich nicht. Es ist ihm anzusehen, dass er den Schwanz einziehen will, wie immer", sagte Joshua hämisch grinsend, „Er redet nicht. Er sticht zu."
„Der Vater hat es genommen, für den Schnaps", sagte Michael.
„Die Mutter hat uns geschlagen, weil wir es nicht verraten haben", meinte Emmanuel
„Der Onkel hat uns Süßigkeiten gekauft, damit wir nichts verraten", sagte Gabriel.
„Redet nicht so viel!", herrschte Ezechiel seine Geschwister an, „Er hätte es gesehen, wenn er es hätte sehen wollen."
„Dass der Vater soff", sagte Michael.
„Dass uns die Mutter schlug", meinte Emmanuel.
„Dass uns der Onkel anfasste", sagte Gabriel.

„Und warum hast Du meinen Hund umgebracht?",
wandte er sich an Joshua.
„Damit Du endlich die Augen aufmachst", sagte Michael.
„Damit Du endlich hinhörst", meinte Emmanuel.
„Damit Du endlich was unternimmst", sagte Gabriel.
„Aber was hätte ich denn tun sollen? Warum ist Euch das alles passiert und mir nicht?", fragte Nathanael.
„Weil Du nicht da warst", sagte Michael.
„Weil Du uns alleine gelassen hast", meinte Emmanuel.
„Weil Du uns im Stich gelassen hast", sagte Gabriel.
„Aber Dir, Dir werden sie doch nichts getan haben, Daniel", wandte sich nun Nathanael an seinen jüngsten Bruder, in der Hoffnung hier ein Stück Unschuld zu finden.
„Warum sollten sie? Aber Miriam hat es mir oft abgenommen", entgegnete Daniel.
„Sie brachte dem Vater Schnaps", sagte Michael.
„Sie ließ sich für ihn prügeln", meinte Emmanuel.
„Sie ließ sich für ihn anfassen", sagte Gabriel.
„Und noch heute versorgt sie mich mit Drogen. Deshalb geht sie auf den Strich. Alles für mich", erzählte Daniel, als wäre es das Selbstverständlichste auf der Welt.
„Geht weg, ich will das nicht mehr hören! Lasst mich in Ruhe!", fuhr Nathanael plötzlich auf, nahm die Schaufel und schlug wie wild um sich, bis er erschöpft zusammenbrach.

* * *

„Wach doch endlich auf!", forderte Sonja, und stieß die Spitze ihrer Prada-Schuhe in seinen Schenkel, „Bist Du jetzt schon ganz durchgeknallt oder einfach nur besoffen?" Ihr Ton klang unwirsch und ungehalten. „Darf ich um meinen Hund trauern?", entgegnete Nathanael, „Und um meinen Bruder und um alle anderen meiner Geschwister. Wenn Du wüsstest, was ich durchgemacht habe, letzte Nacht." „Du bist doch nicht mehr ganz dicht. Schläfst da im Garten im Gras und faselst was von einem Hund und einem Bruder und von Geschwistern. Und wie es hier aussieht. Alles niedergetrampelt und verwüstet", sagte Sonja spitz. Da erst entdeckte Nathanael, dass er auf dem Gras lag, auf frischem, zwar niedergetrampeltem, aber eben nur Gras. Da war kein Grab, nicht heute, nicht gestern, niemals. Rasch lief er in die Küche, aber auch da fand er keinerlei Spuren. War es schon wieder passiert? Hatte er sich auch diesmal alles nur eingebildet? Hatte er Wahnvorstellungen? Und wenn ja, woher kamen diese.

Nathanael selbst nahm keine Drogen, davon hätte er wahrscheinlich gewusst. doch was war, wenn ihm jemand, der ihm nahestand, eine Droge verabreichte. Wäre es nicht denkbar, dass ihn irgendjemand in den Wahnsinn treiben wollte? Und es gab nur einen Menschen, der ihm so nahe stand, dass dies möglich war, nur einen Menschen, der davon profitieren würde, wenn er dem Wahnsinn verfiele, seine Frau. Doch wie konnte er das beweisen, wie ihren geheimen Machenschaften entgehen? Er brauchte Unterstützung. Doch wer könnte ihm helfen? Wem könnte er seine Sorgen anvertrauen?

Den ganzen Tag über ging ihm die Frage nicht aus dem Kopf, doch ohne Erfolg. Erst als in der Abenddämmerung eine Taxi vor der Türe hielt und eine auffallend große, einfach gekleidete Frau aus dem Wagen stieg, wusste er wem er sich anvertrauen konnte. Niemandem sonst.

„Nastasja, ich bin so froh, dass Du da bist", begrüßte er seine Retterin. „Bist Du das wirklich? Du konntest ja gar nicht schnell genug von mir wegkommen, kann ich mich erinnern", merkte Nastasja auf. „Ich weiß, aber ich habe dazugelernt. Aber vor allem gehen mysteriöse Dinge vor. Nur Du kannst mir helfen", sagte Nathanael knapp und führte Nastasja in sein Arbeitszimmer. „Du hast völlig recht, seltsame Dinge gehen vor. Deshalb bin ich gekommen. Aber woher weißt Du davon? Hast Du was damit zu tun?", fragte Nastasja.

Vergleichsweise kurz war die Zeitspanne gewesen, seit Nathanael Nastasja so Hals über Kopf verlassen hatte, im Streit verlassen hatte. „Es tut mir leid, dass ich so gegangen bin", meinte Nathanael, als er Nastasja aufforderte ihm gegenüber auf der Couch in seinem Arbeitszimmer Platz zu nehmen. Kaffee und Gebäck standen bereit. „Ich weiß", entgegnete Nastasja trocken. „Ich denke, ich habe Wahnvorstellungen", begann Nathanael seine Ausführungen, um dann die Ereignisse der letzten Nacht wiederzugeben, seine Heimkehr, die Party, der Champagner, seine Frau und ihr Liebhaber, und zuletzt die Szene mit seinem Hund und seinen Geschwistern. Nichts ließ er aus. „Das merkwürdige ist", rekapitulierte Nathanael seine Eindrücke, „Jeder einzelne Moment fühlte sich echt an, jede Szene wirkte gleich real. Es ist, als könnte ich meinen Sinnen nicht mehr trauen, als würde in meinem Kopf ein zweiter Film ablaufen, ebenso lebensnah wie der eigentliche, der Hauptfilm, und doch gibt es ihn nur in meinem Kopf."

„Ich habe lange darüber nachgedacht, und ich kam zu einem ähnlichen Schluss wie Du, jemand hat es darauf abgesehen Dich in den Wahnsinn zu treiben", sagte Nastasja nachdenklich, „Da passt es auch ins Bild, dass mein Laptop gestohlen wurde. Irgendwer denkt, dass ich möglicherweise über Dein Befinden und Deine Aussagen Aufzeichnungen gemacht habe." „Was heißt, Dein Laptop wurde gestohlen? Wie ist das passiert?", fragte Nathanael interessiert. „Deswegen bin ich ja gekommen. Geri und ich wurden mit einem Pfeil betäubt. Dann hat derjenige, der uns betäubte, offenbar meine Hütte durchsucht, doch er nahm nichts mit als den Laptop", erzählte Nastasja knapp. Nathanael dachte kurz nach. „Ja, es würde ins Bild passen. Es darf kein Außenstehender was erfahren. Hast Du Aufzeichnungen gemacht?", fragte Nathanael weiter. „Nein, natürlich nicht, also nichts über Dich persönlich. Ich habe nur notiert welche Verletzungen Du hattest und wie sich die Genesung entwickelte, was ich angewandt habe und wie ich vorgegangen bin", erklärte Nastasja ohne sich viel dabei zu denken, „Das mache ich aber immer so."

„Das ist schlimm, sehr schlimm!", fuhr Nathanael hoch, „Sie werden mir einen Strick draus drehen, werden alles gegen mich verwenden. Wie konntest Du das nur tun? Denkst Du Dir überhaupt was dabei?" „Also erstens ist Dein Unfall sicherlich nicht verborgen geblieben, und zweitens werde ich doch wohl notieren dürfen was ich gemacht habe. Außerdem, von wem sprichst Du eigentlich?", entgegnete Nastasja, die seine Aufregung in keinster Weise nachvollziehen konnte. „Meine Frau und ihre Verbündeten. Siehst Du denn immer noch nicht was da läuft? Sie wollen mich in den Wahnsinn treiben, damit sie die Firma übernehmen können. Und ich Idiot habe auf einen Ehevertrag verzichtet", erklärte Nathanael überzeugt. „Und wenn schon, dann hast Du die Firma eben nicht mehr", sagte Nastasja achselzuckend, die nicht verstand was daran so wichtig war. „Und was mache ich dann? Ich habe nie etwas anderes gemacht in meinem Leben und alles andere dafür vernachlässigt", meinte Nathanael betrübt, „Es ist alles was ich habe."

4. Wohin wir uns wenden

„Armer, reicher Mann", resümierte Nastasja, „Immer diese Sorgen ums Geld, aber wenn es so ist, wer würde davon profitieren wenn Du in einer geschlossenen Anstalt landest?"
„Meine Frau. Im Falle meines Todes bekäme sie nichts, da mein ganzes Vermögen, abzüglich ihres Pflichtteils und der für meine noch lebende Verwandtschaft, in eine Stiftung fließen würde. Deshalb kann sie mich nicht einfach vergiften. Wenn ich allerdings wahnsinnig werde, so hat sie Zugriff auf mein gesamtes Vermögen, da sie in diesem Fall die Vormundschaft für mich beantragen und wohl auch erhalten würde. Sie kennt viele Leute, die sie ohne Wenn und Aber unterstützten, zumal sie sich viel davon versprächen und sie ihnen wohl auch schon die entsprechenden Zusagen gemacht hat, hätte sie einmal Zugriff auf mein Vermögen", erklärte Nathanael nachdenklich.

„Du bist wirklich gestraft", sagte Nastasja sinnend, „Da denkt man, man gewinnt, wenn man reich ist. Zuerst hast Du wie ein Wahnsinniger geschuftet um Dir das zu erarbeiten. Dann kaufst Du Dir ein großes Haus. Schließlich soll ja jeder wissen, was Du Dir leisten kannst. Aber ein großes Haus, nein, das allein genügt nicht, denn schließlich gibt es viele, die ein großes Haus haben. Also steht bald ein Aston Martin vor der Tür, der

Pool wird hinterm Haus gebaut und ein Tennisplatz angelegt. Aber Du musst weiterarbeiten, denn es bleibt ja nicht von selbst so. Nachdem Du so viel arbeitest hast Du keine Zeit die Dinge, die Du Dir gekauft hast, auch zu nutzen. Monate vergehen, und Du bist weder im Pool geschwommen noch hast Du am Tennisplatz gespielt. Die einzigen, die den Pool und den Tennisplatz überhaupt sehen, sind der Poolwärter und der Platzwart. Dann brauchst Du noch einen Gärtner und eine Putzfrau, denn Du selbst kommst spät nach Hause und gehst frühmorgens aus dem Haus. Du hast Dir also Dinge gekauft, die Du nicht nutzt, aber dafür viel Geld investierst, damit sie instand gehalten werden. Dazu kommt noch die Sorge um den Besitz, denn zwei Menschentypen treten auf den Plan, die Diebe und die Schmarotzer. Du kannst nicht frei über Deinen Besitz verfügen, nicht jeden einladen, sondern jeder könnte zu einer dieser beiden Kategorien zählen. Du wirst immer misstrauischer. Zuerst kommt ein hoher Zaun um das Gelände. Dann engagierst Du einen Wachdienst. Niemand kommt mehr ungesehen ins Haus. Selbst Du musst beim Schranken halten und den Portier überzeugen, dass Du bist wer Du zu sein vorgibst. Nicht nur, dass Du nichts davon hast, es macht Dir das Leben immer schwerer. Aber der Gedanke, Du könntest das alles wieder verlieren, bringt Dich dazu noch mehr zu arbeiten. Ja, Geld und Besitz machen glücklich. Du bist ein Gefangener und ein Getriebener. Warum verkaufst Du nicht einfach alles und setzt Dein Vermögen zum

Wohle anderer ein, und Du selbst erhältst Deine Freiheit zurück?" Nathanael dachte einen Moment nach. „Du hast recht, ich werde alles verkaufen, meine Frau ausbezahlen und ein neues Leben beginnen", fasste Nathanael seinen Entschluss zusammen.

Sonja war Nastasjas Ankunft natürlich nicht entgangen. Das bedeutete, dass Sonja rasch etwas unternehmen musste. Ihre bisherigen Maßnahmen zeigten trotz aller Planung keinerlei Wirkung. Auch sie musste nun rasch handeln.

„Ich kann das einfach nicht verstehen", sagte Sonja tonlos, „Jetzt hat er alles in den Aufbau dieser Firma investiert, und jetzt, wenn es darum geht, dass er in Schwierigkeiten ist, will er sich nicht helfen lassen. Meine Hoffnung ist, dass diese Nastasja ihn vielleicht zur Vernunft bringt. Zwei Jahre bin ich jetzt mit ihm verheiratet und habe für seine Firma alles hintangestellt. Ich bin mir gar nicht mal sicher ob er das überhaupt gemerkt hat. Es war einfach immer selbstverständlich was ich tat, für ihn und seine Zukunft. Und jetzt, wo er krank ist, jetzt tut er so, als wäre alles in Ordnung, ja gibt den anderen die Schuld." „Warum sagst Du ihr dann nicht die Wahrheit über Nathanaels Zustand?", fragte Samuel arglos.

Dr. Samuel Wald war Arzt geworden, nicht weil er den Menschen helfen wollte, sondern weil er meinte, es ließe sich viel verdienen. Rasch kam er dahinter, dass man vom Verschreiben von Hustensäften und Blutdruckmessen nicht reich wurde. Also machte er die Zusatzausbildung zum plastischen Chirurgen und zum Schnorrer. Der einzige Unterschied zwischen den beiden Ausbildungen bestand darin, dass es nur für eine der beiden ein offizielles Zertifikat gab, aber das tat nichts zur Sache. Er war in beidem gleichermaßen gut, und wenn er sich langweilte, dann suchte er sich einen netten Platz, an dem er sich durchschnorren konnte. Jetzt gerade war Sonja aktuell. Immer öfter wurden sie miteinander gesehen, so dass letztendlich das Gerücht auftauchte, er sei ihr Geliebter. Er hatte nicht nur nichts dagegen, es war ihm sogar sehr recht. Das rückte die Aufmerksamkeit weit genug weg von der Wahrheit, denn er war schwul. Es kann schon sein, dass das heutzutage kein Problem mehr ist, doch der Grund dafür, dass er sich nicht outete war, wie fast immer, ein monetärer.

Dr. Samuel Wald war ein großer, breitschultriger Mann. Das blonde Haar trug er schulterlang und seine blauen Augen waren ein Versprechen. Darüber hinaus war er immer sehr gepflegt und nach der neuesten Mode gekleidet. Seine Patientinnen himmelten ihn an. Das würde sich sehr schnell ändern, wenn sie über seine wahre sexuelle Orientierung Bescheid wüssten. Es stand zu befürchten, dass er dann viele von ihnen verlieren würde. Die einzige, die darüber Bescheid wusste war Sonja.

Eines Abends nach einer wilden Party, hatte er sie gebeten bleiben zu dürfen, da er sich aufgrund exzessiven Alkoholkonsums nicht mehr imstande sah mit dem Auto nach Hause zu fahren. Ein weiterer Gedanke bewog ihn zu diesem Entschluss, denn das Gartenhaus, das er für diese Nacht nutzen durfte, bot ein Höchstmaß an Diskretion. Also lud er sich einen Callboy ein. Einerseits würden alle Anwesenden denken, also zumindest diejenigen, die nach der Party noch denken konnten, er nutzte die Gunst der Stunde und verbrachte die Nacht mit Sonja, und andererseits käme niemand auf den Gedanken ihn in der Idylle der Gartenhütte zu stören, doch dann kam es ein wenig anders. Sonja stattete ihm in dieser Nacht noch einen Besuch ab. Was sie dazu bewog war die Sorge, denn er hatte sehr blass und mitgenommen ausgesehen, als er sich zurückgezogen hatte. Aber statt eines Kranken, fand sie einen recht munteren Samuel vor, der sich eingehend mit einem jungen, muskelbepackten Burschen auseinandersetzte. Die Situation war eindeutig. „Wie ich sehe, geht es Dir schon wieder besser", merkte Sonja kurz an, um sich dann diskret zurückzuziehen. Von da an hatten sie ein gemeinsames Geheimnis, und Sonja konnte ihm schon sehr bald Gelegenheit dazu geben sich für ihre Diskretion zu revanchieren. Nicht, dass sie dieses Wissen wirklich ausgenutzt hätte, aber es wäre schwerer gewesen ihn von der Notwendigkeit zu überzeugen ihr zu helfen, wenn sie um diese kleine

Eigenheit des gutaussehenden und bei den Damen sehr beliebten Doktors nicht gewusst hätte.

Andererseits war es Samuel gar nicht so unrecht, denn er fühlte sich sehr wohl in Sonjas Haus, mit dem großen Pool und dem Tennisplatz. Vielleicht hätte er es sich auch leisten können, hätte er nur ein paar Stunden mehr am Operationstisch verbracht und ein paar weniger mit seinen diversen Freunden, aber wozu sollte das gut sein, wenn er alles ohne viel Aufwand ebenso genießen konnte. Darüber hinaus bescherte ihm der Umgang mit Sonja viele neue Kundinnen. Mittlerweile wusste er, so schön konnte eine Frau gar nicht sein, dass es nicht immer noch irgendetwas zu verbessern gab. Er wusste sie zu umschmeicheln und auf so gekonnte Weise zu vermitteln, dass sie etwas an ihrem Äußeren zu verändern hatte, dass sie letzlich glaubte, der Wunsch käme von ihr selbst. Zwei Umstände kamen ihm dabei zustatten. Einerseits gab es einen Punkt, da wussten diese Damen nicht mehr wofür sie ihr Geld ausgeben sollten, respektive das ihrer Männer, weil sie einfach schon alles gekauft hatten. Da trat er auf den Plan und verkaufte ihnen Schönheit, denn davon konnte man nie genug haben. Der andere Umstand war das ständige Verlangen die anderen Damen übertrumpfen zu wollen. Die Verwandlungskunst, die er praktizierte, bekam eine Eigendynamik, so dass er es sich durchaus leisten konnte bei Sonja auf der Couch zu liegen und vor sich hinzudösen. Er machte sich keine Gedanken. Niemals machte er sich über irgendetwas Gedanken. Was kam kam, und er tat nichts dazu und nichts weg. Ein wunderbares Leben war das.

„Und was machst Du überhaupt so einen Wind? Du knöpfst ihm die Hälfte ab, und alles ist gut. Selbst von der Hälfte kannst Du Dich theoretisch für den Rest Deines Lebens sorgenfrei vergnügen, und wer weiß wieviel Du Ehemann Nr. 2 abnehmen wirst", bemerkte Samuel ungerührt. „Das kannst auch nur Du sagen. Es geht nicht ums Geld sondern um ein großes Werk, das dann kaputt ginge. Natürlich fänden sich Käufer für die Firma, aber wer weiß was die damit machen würden. Wir arbeiten auf einem hohen ethischen Niveau. Dazu gehört, dass wir schon vor etlichen Jahren mit den Tierversuchen aufgehört haben. Wer macht das sonst noch in der Branche. Dazu kommt noch, dass wir die Verantwortung für über 2.000 Mitarbeiter haben, und es ist nicht gesagt, dass diese ihren Arbeitsplatz behalten würden. Da kann ich nicht einfach zusehen!", sagte Sonja entschieden, „Ich muss dringend etwa unternehmen." Sinnend sah sie beim Fenster hinaus. Mittlerweile war es dunkel geworden. „Ich denke Du gehst jetzt besser", sagte sie nach einigen Minuten unvermittelt. „Wieso das denn? Ich dachte, ich könnte zum Abendessen bleiben", entgegnete Samuel hörbar enttäuscht. „Sonst gerne, aber ich möchte diese Dame gerne näher kennenlernen. Samuel verstand den Wink und verließ das Haus, und auch Sonja begab sich in das Arbeitszimmer ihres Mannes.

Nastasja und Nathanael waren noch immer ins Gespräch vertieft, als Sonja eintrat. „Hallo! Ich hoffe, ich störe nicht?", sagte sie lächelnd. „Natürlich störst Du!", entgegnete Nathanael grantig. „Aber nein", warf Nastasja rasch ein, „Worüber wir reden ist kein Geheimnis." „Das freut mich zu hören", merkte Sonja an, „Obwohl ich überzeugt davon bin, dass mein Mann etliche Geheimnisse vor mir hat." Nastasja konnte beobachten wie sich Nathanael ob der Worte seiner Frau noch mehr zurückzog. „Wie zum Beispiel Sie? Darf ich erfahren mit wem ich das Vergnügen habe?", wandte sich Sonja an Nastasja und Nathanael atmete erleichtert auf. „Mein Name ist Nastasja Nebel, und wir könnten uns eigentlich Duzen", schlag Nastasja vor. „Sehr gerne. Ich heiße Sonja, aber das weißt du ja bereits", entgegnete Sonja und reichte Nastasja die Hand, „Und woher kennt ihr euch beide?" „Ich habe Nathanael im Wald gefunden, nach diesem schrecklichen Unfall", begann Nastasja zu erzählen, um dann die letzten Wochen nochmals zu rekapitulieren, alles was im Wald geschehen war. Sonja hörte aufmerksam zu. „Ich bin sehr glücklich, dass Du meinen Mann gefunden und Dich um ihn gekümmert hast. Du bist wirklich eine bemerkenswerte Frau", sagte Sonja als Nastasja endete, „Und das Ende ist wohl bezeichnend für Nathanael. Es ist nicht leicht etwas herzugeben, was man liebt. Ich denke, so lange man nur den Funken einer Chance sieht es behalten zu können, ist es auch wert darum zu kämpfen. Meinst Du nicht auch?"

„Unbedingt, bis zum letzten Moment", pflichtete Nastasja Sonja bei. „Ich denke, es ist Zeit zu Bett zu gehen", meinte Sonja, nachdem sie einen Blick auf die Uhr geworfen hatte, „Du bleibst doch über Nacht?" „Gerne, wenn ich darf", erklärte Nastasja. „Darf ich Dir das Gartenhaus anbieten. Dort müsstest Du Dich eigentlich wohl fühlen", schlug Sonja vor, „Würdest Du es ihr zeigen, Nathanael?" „Ja, natürlich", sagte Nathanael eilfertig und ging mit Nastasja hinaus in den Garten.

„Was für eine herrliche Nacht!", bemerkte Nastasja, als sie das Haus verlassen hatte, „Das ist der Grund warum ich solche Häuser nicht mag, man sieht nichts von der Natur und bemerkt nicht welche Jahreszeit herrscht. Im Winter läuft die Heizung und im Sommer die Klimaanlage, immer herrscht dieselbe Temperatur. Kein Wunder, dass die Menschen, die in solchen Häusern wohnen ständig krank sind." „Wie Du meinst", sagte Nathanael. Er hatte nicht zugehört, vielmehr waren seine Gedanken ganz woanders. „Du hast ihr doch hoffentlich nicht geglaubt?", fragte er und sah Nastasja gespannt an. „Für mich hat es sehr überzeugend geklungen", meinte sie, als sie das Gespräch nochmals durchdachte, „Sie wirkt auf mich wie eine Frau, die etwas retten will, was ihr wichtig ist." „Aber was ist mit all den Sachen, die sie getan hat um mich in den Wahnsinn zu treiben? Was ist mit ihrem Liebhaber?", fragte Nathanael. „Ich weiß noch viel zu wenig um mir wirklich ein Bild machen zu können", gab Nastasja zu. „Aber wir gehen morgen früh zum Anwalt und ich mache Nägel mit Köpfen. Wenn sie davon erfährt wird sie ihr wahres Gesicht schon zeigen", war Nathanael überzeugt, und damit drehte er sich um und ging zurück zum Haus. Nastasja betrat das Gartenhaus und legte sich gleich nieder. Geri lag auch hier neben ihrem Bett. Er hatte sie gefunden.

Am nächsten Morgen fanden sich alle drei zum Frühstück ein. Neben ein paar belanglosen Floskeln wurde nicht viel gesprochen. Jeder schien in seine eigenen Gedanken vertieft, als Sonja zu Nathanael hinübergriff und seine Kaffeetasse nahm. „Was tust Du da?", fragte er skeptisch. „Nichts, nur Dir Kaffee nachschenken. Du trinkst doch immer mindestens vier Tassen am Morgen", entgegnete sie überrascht. Hatte Sonja da was in seine Tasse getan, oder hatte Nastasja ihre Phantasie einen Streich gespielt? Sie war sich nicht sicher ob sie ihren Sinnen trauen konnte, denn sie hatte in der letzten Nacht kaum geschlafen. Wem konnte sie glauben? Hatte Nathanael recht, wenn er sagte, dass Sonja ihn in den Wahnsinn treiben wollte oder war er krank? Sonja wirkte so authentisch in ihrer Sorge, in ihrem Zugewandtsein, und Nastasja wusste nach wie vor sehr wenig über Nathanael, aber sie hatte bereits erlebt wie aufbrausend und explosiv er sein konnte. Doch, Sonja hatte ihm etwas in den Kaffee getan. Nastasja war sich ganz sicher. Dennoch konnte sie nichts machen. „Trink nicht!", hätte sie am liebsten gerufen, doch wie hätte sie ihren Ausruf begründen können. „Trink nicht!", hatte auch das Schwesterchen zum Brüderchen gesagt, im gleichnamigen Märchen, und er hat nicht auf sein Schwesterchen gehört, so dass er in ein Reh verwandelt wurde. Letztendlich gereichte es ihnen dann doch zum Guten. Daran hielt sich Nastasja, an ihre Überzeugung, dass letztendlich alles zum Guten gereicht, auch wenn es zunächst mit einer bösen Absicht geschah.

„Wir sollten jetzt langsam aufbrechen", sagte Nathanael plötzlich. „Wohin wollt ihr gehen?", fragte Sonja interessiert. „Wenn Du schon so fragst, wir wollen zum Anwalt", antwortete Nathanael und warf ihr einen eisigen Blick zu. „Und was macht ihr beim Anwalt?", fragte Sonja weiter. „Das geht Dich nichts an. Außerdem wirst Du es noch früh genug erfahren. Nein, weißt Du was, es wird mir ein Vergnügen sein, es Dir als erste zu präsentieren, wenn alles abgeschlossen ist", sagte er mit einem beinahe triumphierenden Unterton. „Wie Du meinst. Dann wünsche ich einen schönen Tag", merkte Sonja verhalten an und verließ das Zimmer. „Der hab ich es aber gezeigt. Ich sehe alles, ich höre alles und ich sage alles was notwendig ist, damit ihr es wisst", stellte Nathanael fest, völlig zusammenhanglos. Mit wem redete er da bloß? Nastasja war die einzige, die im Raum war. Sie konnte er wohl nicht gemeint haben, doch da fühlte sie sich am Arm gepackt und auf die Straße gezogen. „Wo bringst Du mich hin?", fragte Nastasja, nachdem sie sich aus seinem Griff befreit hatte. „Zu einem Taxi", erklärte Nathanael, „Ich glaube, nein, ich bin mittlerweile davon überzeugt, dass sie uns überwacht, immer und überall, dass das ganze Haus voller Kameras und Mikrophone ist, und natürlich auch mein Auto. Wir müssen verdammt aufpassen was wir sagen." "Wenn das stimmt, dann wüsste sie doch schon längst, dass wir vorhaben zum Anwalt zu fahren und was Du dort machen willst. Das haben wir doch gestern besprochen", merkte Nastasja an. „Das stimmt, und das sollte sie auch", meinte Nathanael, „Deshalb hat sie auch heute morgen versucht mir was in den Kaffee zu tun, aber ich habe nur so getan als ob ich ihn trinke. In Wahrheit habe ich ihn weggeschüttet. Gut nicht?" Also hatten ihre Sinne Nastasja doch nicht getäuscht, war es wirklich so gewesen. Vielleicht hatte Nathanael doch recht mit seinen Befürchtungen.

Dann winkte er ein Taxi herbei, schob Nastasja hinein und stieg selbst ein. Wenige Minuten später stiegen sie vor dem Haus, in dem sich die Anwaltskanzlei befand, aus. „Meinst Du, Du kannst diesem Anwalt trauen?", fragte Nastasja misstrauisch. „Ja, 100%ig. Nicht jeder hat sich mit Sonja verschworen", entgegnete Nathanael und betrat das Haus. Nastasja folgte ihm.

Sonja war beruhigt. Es war ihr tatsächlich gelungen Nathanael das Mittel zu verabreichen. Denn sie wollte unbedingt verhindern, dass Nathanael einen seiner Ausfälle vor Dr. Stern bekommen würde. Die Folgen waren unabsehbar. Zusätzlich beruhigte sie der

Gedanke, dass Nastasja mit dabei sein würde. Falls es jedoch nicht so funktionieren würde, wie es sein sollte, hatte sie einen Plan, der zwar nicht unbedingt sehr freundlich war, aber den Umständen angemessen. Sonja war eine Frau der Tat. Wenn sie ein Ziel vor Augen hatte, so wusste sie einen Weg dorthin zu ebnen, und wenn der eine Weg versperrt war, so tat sie sich einen anderen auf. So flexibel und kreativ wie sie war, hätte sie wohl große Erfolge erzielen können, ohne dafür eines Mannes zu bedürfen, doch nun hatte es sich so für sie ergeben. Über die Jahre war sie mit der Firma verwachsen, so wie mit Nathanael. Beides wollte sie nicht verlieren. Zwischen Geschäfts- und Privatleben sah sie keine Grenzen. In beiden Bereichen herrschten die gleichen Regeln. Man musste investieren, wollte man eine Rendite erzielen. Stringent und konsequent ging sie diesen Weg, ohne auch nur einmal links und rechts zu sehen. Mit Geduld und Beharrlichkeit suchte sie einen Weg Nathanael wieder zu einem normalen Leben zurückzuführen, zur Not auch gegen seinen Willen.

***

Samuel verschaffte ihr die Mittel, und sie verstand es diese Mittel einzusetzen, denn es geschah zu Nathanaels Besten. So konnte sie an diesem Abend beobachten wie Nathanael mit jemandem rang, der nicht da war. Eine grauenhafte Aufführung, und sie saß daneben und konnte nichts tun. Dann war er Hals über Kopf aus dem Haus gerannt und verschwand.

Sonja setzte umgehend alle Hebel in Bewegung und schickte Samuel aus um Nathanael zu suchen. Es war gar nicht so schwer zumindest das kaputte Auto ausfindig zu machen. Gemächlich kehrte Samuel zurück.

„Das Auto ist hinüber", berichtete er Sonja, als er zurückkam, „und von ihm weit und breit keine Spur. Ich denke, den werden wir nicht wiedersehen." „Und das ist alles was Du mir zu sagen hast?", fragte Sonja, weil sie kaum glauben konnte, was sie da zu hören bekam, „Ich sag Dir was, Du fährst da jetzt nochmals hin und siehst Dich um. Ich will wissen was da los ist. Was ist, wenn er dort irgendwo liegt und stirbt und wir hätten es verhindern können?" „Das ist jetzt aber nicht Dein Ernst? Es ist mitten in der Nacht!", meinte Samuel beinahe gekränkt. Er hielt es für eine absolute Zumutung. „Gut, dann fahre ich selber, und Du kommst mit um mir zu zeigen wo es ist!", forderte sie ihn auf, und er wagte nicht zu widersprechen. Als sie an der entsprechenden Stelle ankamen, hielt Sonja und ging tiefer hinein in den Wald. Samuel blieb sitzen, schon aus Trotz. Sollte sie doch sehen was sie ausrichten konnte! Bereits nach wenigen Metern war sie beim Auto angelangt. Nachdem es kaum wahrscheinlich war, dass Nathanael ausgestiegen und fortgegangen war oder ihn irgendwer anderer aus dem Auto herausgenommen hatte, blieb nur mehr die

Möglichkeit, dass er aus dem Auto herausgeschleudert wurde. Es war kaum etwas zu erkennen im Dunklen, doch da sah sie eine Gestalt, schemenhaft, die eine andere auf eine Bahre hievte, die von einem Tier gezogen wurde. „Nathanael", schoss es Sonja durch den Kopf, „Das kann nur er sein." So leise wie möglich schlich sie sich davon. Danach war es kein Problem mehr herauszufinden, dass Nathanael von Nastasja gerettet wurde, und nachdem Sonja einige Erkundigungen über Nastasja eingeholt hatte, konnte sich Sonja beruhigt zurücklehnen, denn dort war er in guten Händen, war sie überzeugt.

* * *

Vor dem Lift blieb Nathanael stehen. „Warum bist Du Dir so sicher, dass Du Deinem Anwalt vertrauen kannst?", fragte Nastasja eigensinnig. „Weil ich ihn schon so lange kenne", entgegnete Nathanael knapp. „Ich denke nicht, dass das ein Grund ist. Du dachtest ja auch, dass Du Sonja kennst", merkte Nastasja an. „Als ich vor acht Jahren begann meine Firma aufzubauen war er bereits mit dabei. Er hat von mir über all die Jahre profitiert und seinen Nutzen gezogen. Wenn es schon nicht Loyalität ist, so die Gewissheit in mir einen Klienten zu haben, der ihm bleibt. Es wäre nur vernünftig dies beizubehalten", versuchte Nathanael zu erklären, doch Nastasja blieb misstrauisch. Vielleicht litt sie auch schon unter Verfolgungswahn, aber es war eine Situation, in der sie sich nicht mehr sicher war ob man irgend jemandem trauen konnte. Die Menschen, die in diesen Sphären lebten, waren ihr so fremd. Wie feine Spinnweben spannten sich die Intrigen um sie, fein und undurchsichtig. Egal wohin sie sich wandte, immer verhedderte sie sich in einem Spinnfaden oder glaubte sich darin zu verfangen. Im Grunde genommen wollte sie nichts als so schnell wie möglich wieder weg, doch sie konnte Nathanael nicht alleine lassen. Es war ihr, als wäre sie unter wilden Tieren gelandet. Fressen und Gefressen werden, der Stärkste überlebt und alle anderen werden gefressen. Das Gesetz des Dschungels und der Urzeit. Was das Geld aus den Menschen macht. Wenn es sein musste fraßen sie einander mit Haut und Haaren. Worte wie Solidarität oder Empathie waren hier völlig fremd, doch sie überwand sich und blieb bei ihm.

„Dr. Stanislaus Stern, Rechtsanwalt", das war alles was auf der Tafel an der Tür zum Büro stand. „Einer, der das Recht verwaltet", dachte Nastasja, als sie eintraten, und vor ihrem geistigen Auge erstand das Bild der blinden Justitia. Sie war sich bewusst, dass es bedeuten sollte, dass das Recht gesprochen wurde, ohne Ansehung der Person, aber die andere Konnotation ließ sich doch nicht verdrängen. Blinde Justitia. Blind für das Unrecht, das dem Recht von vornherein zugrunde liegt, indem es jeden gleich behandelt. Gleichbehandlung ist Ungerechtigkeit. Unter Absehung der Person, des Standes, des Geschlechtes oder der Herkunft, doch in

Wahrheit war es unter Absehung der jeweilgen Umstände oder der Vorgeschichte.

„Komm, wir können gleich reingehen", riss Nathanael Nastasja aus ihren Gedanken. Sie durchquerten in aller Eile das Wartezimmer, und betraten das geräumige Büro des Anwalts, das allen Klischees entsprach, die sie kannte. Die Wände waren mit Bücherregalen verstellt und der schwere, große Schreibtisch war überladen mit Akten, hinter denen sich ein kleiner Mann mit spiegelnder Glatze zu verstecken schien. Er erhob sich, was ihn auch nicht wirklich an Größe gewinnen ließ. Eilfertig trat er hinter dem Schreibtisch hervor, die Brille richtend. „Wie schön, dass Du wieder da bist, Nathanael. Wo hast Du nur die ganze Zeit gesteckt?", sagte Dr. Stern, und es klang kalt und ausweichend, auch wenn die Bedeutung seiner Worte eine ganz eine andere war. Vielleicht, so spekulierte Nastasja, konnte er nicht anders als gequält und kalt zu klingen. „Ach ich dachte, ich nehme mir mal eine Auszeit", antwortete Nathanael ausweichend. „Gut, dann lass uns gleich zur Sache kommen. Was kann ich für Dich tun?", fragte Dr. Stern, während er Nathanael mit seinen kleinen, wässrigen Augen genauestens beobachtete. Sie setzten sich auf die schwere Ledercouch. Sie fühlte sich kalt an, so wie der ganze Raum und die Menschen, die darin verkehrten. Justitia ist blind. Nastasja fühlte sich zusehends unwohler, doch es nahm niemand Notiz von ihr. „Ich war ja jetzt, wie Du weißt, einige Zeit weg und hatte viel Zeit über mein Leben nachzudenken. Manches ist nicht so wie es sein sollte, so dass ich einige Änderungen vornehmen möchte, und an diesem Punkt kommst Du ins Spiel. Ich möchte, dass Du ...", begann Nathanael, als er unvermutet innehielt, den Blick starr auf die Ecke des Zimmers gerichtet. „Esther, was machst Du da?"

Nastasja musste mitansehen, wie Nathanael aufstand und in eine Ecke des Zimmers ging. Nichts war zu sehen, und doch sprach er mit jemandem. Esther hatte er sie genannt. „Mit wem sprichst Du?", fragte Nastasja, doch Nathanael hörte sie nicht. Wie gebannt starrte er in die Ecke. „Aber ich habe es doch nicht gewusst! Ich werde Dir schon helfen, aber komm da runter!", versuchte Nathanael jene Esther zu beschwören, und dann ging er hin, und es schien, als wollte er etwas aufheben, halten. Einige Zeit verblieb er in der Haltung, doch dann ließ er wieder los. Nastasja wollte etwas tun, irgendetwas, denn sie befürchtete, dass es Konsequenzen haben würde, wenn er gerade hier, vor den Augen des Anwalts so etwas tat. So lief sie zu ihm, nahm ihn an der Hand, schüttelte ihn. Langsam wandte Nathanael den Blick zu ihr, doch er schien wie abwesend, als würde er durch sie hindurchsehen. Wie viel Zeit wohl vergangen war? Nastasja erschien es wie eine Ewigkeit. „Bitte, Nathanael, komm zurück zu mir!", bat sie flehentlich, und endlich trat so etwas wie Erkennen in seinen Blick. „Ich konnte sie nicht retten", sagte er tonlos, „Sie nicht und auch nicht das Kind. Warum habe ich es nicht gewusst?

Warum habe ich es nicht verstanden?" „Was hast Du nicht gewusst? Was hast Du nicht verstanden? Bitte, rede mit mir!", forderte Nastasja. „Dass sie es wirklich macht. Ich habe sie weggeschickt, Esther, meine Schwester, als sie schwanger war, und sie kam zu mir, weil sie nicht wusste, wo sie sonst hinsollte, und ich, ich habe sie weggeschickt, doch dann hat sie sich aufgehängt. Ich hätte es verhindern können", erzählte Nathanael. „Du hast eindeutig Schuld auf Dich geladen, aber Du wirst sie bewältigen, es wieder gutmachen", versuchte Nastasja Nathanael zu beruhigen, der am ganzen Körper zitterte. Sacht nahm sie ihn in die Arme und er weinte an ihrer Schulter. „Niemals kann ich es wieder gut machen, denn es gibt Schritte, die können nicht mehr rückgängig gemacht werden", hörte Nastasja Nathanael leise sagen, und sie wusste nur allzu gut, dass er recht hatte.

In dem Moment wurde die Türe aufgerissen und Nastasja sah, dass zwei Männer das Büro betraten. Sie waren ganz in weiß gekleidet, und sie erkannte auf den ersten Blick, dass es Krankenpfleger waren, obwohl sie von der Statur her eher zu Gefängniswärtern getaugt hätten. Wortlos gingen sie auf Nathanael zu und nahmen ihn mit, fort von Nastasjas Schulter, aus ihren Armen. „Was soll das? Was tun Sie?", versuchte Nastasja es aufzuhalten, denn Nathanael machte keine Anstalten sich dem Griff zu widersetzen. „Ist schon gut", sagte er beschwichtigend, „Die Herren sind da, damit sie mich meiner Strafe zuführen." „Lassen Sie ihn sofort los!", begehrte nun Nastasja auf, Nathanaels Worte ignorierend, denn das konnte nicht richtig sein, dass man einfach mir nichts Dir nichts in das Büro eines Anwalts stürmt und einen Menschen, einen freien, unbescholtenen Menschen mitnimmt. Doch die Pfleger stießen sie leicht weg. Hilfesuchend sah sie sich um. „Jetzt tun Sie doch was, unternehmen Sie was, Herr Doktor!", wandte sie sich an den Anwalt, doch dieser stand bloß seelenruhig da und sah dem Treiben zu. Und mit einem Mal wusste Nastasja, dass er es gewesen war, der dies hier ins Rollen gebracht hatte. Zuerst Sonjas Versuch ihm Gift einzuflößen, dann die Halluzination gerade zum rechten Zeitpunkt, und jetzt die Krankenpfleger. Es passte einfach alles zusammen. So sehr also konnte man sich auf Menschen verlassen, mit denen man schon jahrelange zusammenarbeitete. Was hatte Sonja dafür hergegeben? Wie viel hatte sie bezahlt, um seine Loyalität zu kaufen? Zumindest für so lange, bis jemand anderer kam, der bereit war noch mehr zu bezahlen. „Wo bringen Sie ihn hin?", wandte sich Nastasja wieder an die Pfleger, nachdem sie überzeugt war, dass vom Anwalt keine Hilfe zu erwarten war. „Ins Krankenhaus Johannes ...", wollte der eine Pfleger schon antworten, als ihm der Anwalt scharf ins Wort fiel, „Halten Sie den Mund. Die Dame ist keine Verwandte, erhält also auch keine Auskunft, und jetzt beeilen Sie sich." Und damit verließen die Pfleger mit Nathanael das Zimmer. Jetzt hatte sich der Herr Anwalt tatsächlich aktiv eingemischt. Nastasja folgte ihnen, als sie sich plötzlich gehalten fühlte. „Nicht so schnell, meine Liebe. Lassen wir die doch in Ruhe fortfahren", flüsterte der Anwalt, während er sie hinderte den Raum zu verlassen.

* * *

Seufzend legte Sonja den Hörer auf. „Warum nur hat das Medikament nicht gewirkt?", dachte sie, doch zumindest hatte Plan B funktioniert. Natürlich, es war nicht sehr erfreulich, dass gerade ihr Anwalt Dr. Stern Nathanael in solch einem Zustand erleben musste und so sehr sie auch darauf hoffte, konnte sie sich nie wirklich sicher sein, ob sie sich auf seine Diskretion verlassen konnte. Das entzog sich ihrer Kontrolle. Umso mehr Mitwisser es gab, desto schwieriger war es alles geheim zu halten. Während der Zeit, die Nathanael bei Nastasja verbrachte, konnte sie durchatmen und die Firma lief normal weiter, doch was würde passieren, wenn ruchbar wurde, dass der Chef verrückt sei? Die Kurse würden sofort in den Keller purzeln und im schlimmsten Fall könnten die Kapitalgeber kalte Füße bekommen und ihr Geld fällig stellen. Dann wäre die Firma über Nacht ruiniert und die Forschungsarbeit der letzten Jahre würde den Bach hinuntergehen. An dem Tag, an dem Nathanael verschwand, hatte sie begonnen einen Nachfolger für ihn aufzubauen, doch der bräuchte noch einige Zeit bis er wirklich so weit war um in Nathanaels Fußstapfen treten zu können, Zeit, von der sie nicht wusste, ob sie sie überhaupt noch hatte.

Sonja sank erschöpft auf die Couch und klingelte dem Diener. „Gnä' Frau haben geläutet?", fragte Jean, als er die Türe öffnete. Jean hieß eigentlich Josef und kam aus einem wenig noblen Vorort, doch daran wollte er nicht unbedingt erinnert werden, und sollte er selbst einmal daran denken, so versuchte er es damit zu korrigieren, dass er noch vornehmer auftrat, denn in seinen Augen wurde die Eleganz eines Hauses und deren Bewohnern, an der ihres Dieners bemessen. Mit dem Dienen selbst hatte er kein Problem, denn – so pflegte er zu sagen, wurde er darauf angesprochen -, wenn ich dort geblieben wäre, wo ich herkam, so hätte ich in der Fabrik gearbeitet, der Fabrik, in der Autozubehör hergestellt wird, für all die Luxuskarossen, die sich jene kaufen, die nicht mehr wissen, was sie sonst mit ihrem Geld tun sollten. Alle aus diesem Vorort arbeiteten dort oder fast alle. Es war die größte Fabrik in der Gegend und so mussten sie nicht weit weg. Allemal handelte es sich um die bequemste Lösung. Schon den Kindern wurde in dem Viertel prophezeit wie ihr Leben einmal aussehen würde. „Wenn Du groß bist", so wurde ihnen eingeschärft, „und endlich nicht mehr in die Schule gehen musst, dann wirst Du auch in die Fabrik gehen, so wie Mama und Papa und Dein Geld verdienen."
„Verdienst Du viel Geld in der Fabrik?", hatte Jean, damals noch Josef, seinen Vater gefragt, denn auch ihm wurde diese Geschichte erzählt. „Genug um Euch das hier alles bieten zu können", antwortete der Vater, und

wies unbestimmt in die Wohnung, die zwar sauber und gepflegt, aber doch kärglich und armselig wirkte. „Und wenn Du so wenig verdienst, warum gehst Du dann hin?", fragte Jean weiter. „Wir verdienen so viel , dass ihr nicht hungern müsst, Du undankbarer Kerl. Außerdem ist der Weg hin sehr kurz und wir müssen nicht viel Zeit und kein Geld aufwenden um unseren Arbeitsplatz zu erreichen", erklärte der Vater weiter, der zwar noch ruhig war, aber doch etwas irritiert darüber, dass sein Sohn nicht gewillt war dieser, seiner Zukunft freudestrahlend entgegenzufiebern. Wenn es nach diesen Eltern gegangen wäre, so hätte es völlig genügt, wenn die Kinder vier Jahre in die Schule gegangen wären. Das ist genug Zeit, so ihre Ansicht, um alles zu lernen, was man im Leben braucht, und selbst da lernten sie noch zu viel.

Niemand, den der Vater kannte, hatte je ein Buch gelesen. Das hat ja schließlich auch gar keinen Nutzen, für niemanden. Warum also sollten die Kinder so gut sein im Lesen? Nein, es genügt die Hälfte. Dann könnten sie schon früher arbeiten gehen und den Eltern unter die Arme greifen, aber sie mussten ja dazu verdonnert werden, dass sie neun Jahre dorthin gingen, und damit Vormittag für Vormittag verschleuderten. Dort wurde ihnen die Faulheit beigebracht, denn was sollte man von einem Menschen erwarten, der den ganzen Tag im Warmen sitzt und dauernd seine Nase in ein Buch steckt. Darin war auch der Grund zu sehen, warum die Kinder immer aufsässiger wurden und immer mehr von ihnen nicht mehr in die Fabrik gehen wollten.

„Damit Du länger im Wirtshaus sitzen kannst", hörte der Vater Josef sagen. Jetzt war seine Geduld endgültig zu Ende, aber mit der war es auch nicht weit her. Wortlos stand er auf und zog den Gürtel aus seiner Hose. Und während er Josef die ihm gebührende Strafe für seine frechen Worte zukommen ließ, wie er meinte, wusste Josef, dass er von hier wegwollte, sobald er konnte. In der Fabrik hätte er auch gedient, doch als Diener hatte er darin Würde. Das war sein Beweggrund diesen Beruf zu ergreifen, die Würde und das Ansehen, und immer wieder konnte er beobachten, wie jene reichen Damen wegen eines guten Dieners in Streit gerieten, denn die, die es geschafft hatte endlich einen der wenigen guten zu ergattern, unterließen es natürlich nicht mit diesem Fang zu prahlen. „Wenn schon die Herrschaft keinen Stil hat, so sollte ihn der Diener haben", dachte Jean bei sich, während er Sonjas Wunsch ihr einen Tee zu bringen, anhörte.

„Das bedeutet nichts Gutes, wenn Du Tee trinkst", merkte Samuel neugierig an, „Hat Dein Plan nicht funktioniert?" „Der ursprüngliche nicht. So musste ich zu härteren Bandagen greifen. Ich wünschte, ich hätte es vermeiden können, aber es war unumgänglich, wenn ich verhindern will, dass morgen jede Tageszeitung dieselbe Schlagzeile trägt: ‚Chef des größten hiesigen

Pharmakonzerns verrückt.' Aber er müsste jeden Moment ankommen", merkte Sonja an, während sie auf die Uhr sah, „Allerdings habe ich die beiden angewiesen nicht direkt herzufahren, sondern ein paar Umwege zu nehmen, falls ihnen jemand folgen sollte. Deshalb kann ich noch in Ruhe meinen Tee trinken."

„Wo wirst Du ihn unterbringen?", fragte Samuel weiter. „Nun, es gibt auf diesem ganzen Gelände nur ein Gebäude, das völlig außer Hör- und Sichtweite ist, das alte Försterhaus am anderen Ende des Parks", erklärte Sonja, „Sobald er dort abgeliefert wurde, werde ich in Kenntnis gesetzt, und dann versuchen wir es nochmals ihn zu einer Therapie zu überreden." „Wer führt ihn her?", fragte Samuel. „Fritz und Franz, wie üblich", entgegnete Sonja, „Sie wenigstens haben verstanden, dass es zu Nathanaels Bestem ist, und wenn sie es nicht verstanden haben, dann vertrauen sie mir zumindest so weit, dass sie davon ausgehen, dass ich nur sein Bestes will."

„Oh da kommt ja mein Tee", sagte Sonja als Jean eintrat, „Stellen Sie ihn nur einfach auf den Tisch", wies sie Jean an, und dieser tat wie ihm geheißen wurde. „Er ist jetzt auf dem Weg ins Sanatorium Johannes vom Kreuz", erzählte Sonja beiläufig. „Aber ich dachte, auf dem Weg ins Irrenhaus?", fragte Samuel, der sich nicht wirklich auskannte. Hatte sie nicht gerade eben etwas anderes erzählt. „Ja, und da wird er auch einige Zeit bleiben", entgegnete Sonja, und sich an Jean wendend setzte sie hinzu, „Sie können jetzt gehen. Wir haben alles was wir brauchen." Woraufhin sich Jean zurückzog. „Was sollte das jetzt? Hat Dich Nathanael schon angesteckt?", fragte Samuel geradeheraus, doch Sonja gebot ihm zu schweigen.

Erst als sie ganz sicher war, dass Jean außer Hörweite war, erklärte sie Samuel ihre Vorgehensweise. „Ich weiß, dass Jean meinem Mann unbedingt ergeben ist und ihn retten möchte, und zwar vor mir. Offenbar glaubt Jean ebenfalls an die Vergiftungstheorie und das macht ihn gefährlich. Er muss eine gewisse Zeit von der Bildfläche verschwinden. Deshalb habe ich Fritz und Franz angewiesen sich als Krankenpfleger zu verkleiden und nebenbei den Namen des Sanatoriums fallen zu lassen, in das sie Nathanael offiziell bringen. Ich gehe davon aus, dass Jean sich auf dem schnellsten Weg dorthin begeben wird, und am besten nimmt er Nastasja gleich mit." „Und wenn sie dort sind werden sie feststellen, dass es gar nicht stimmt und Nathanael nie dort hingebracht wurde", widersprach ihr Samuel. „Dort wird sie eine nette Überraschung erwarten. Ich habe vorgesorgt", sagte Sonja spöttisch, „Oder meinst Du, dass ich es ihnen wirklich so leicht mache? Wir werden Zeit haben. Du wirst mir helfen, so wie Du es mir versprochen hast." „Du bist wirklich eine bemerkenswerte Frau. ich kenne wenige, die für das Wohl ihres Mannes so viel auf sich nehmen würden", erklärte Samuel anerkennend, „Da könnte es einem doch fast leid tun, dass man nichts für Frauen überhat."

* * *

„Die meisten Herrschaften sind wohl der Meinung, dass Dienstboten dumm sind, weil sie dienen, dass sie nichts hören und sehen, und wenn doch, dass sie nichts verstehen", dachte Jean bei sich, aber er zumindest wusste alles was in diesem Hause vor sich ging. Mit Grauen stellte er sich vor, dass nun Sonja allein das Sagen im Hause hatte. Nathanael war wohl streng, aber stringent und berechenbar. Aber sobald Sonja allein die Fäden in der Hand hielte würden sie in den Ruin geraten. Nicht nur, dass ihn das auch betraf, er war auch überzeugt davon, dass das, was da vor sich ging nicht Rechtens war. Nein, das hatte sich dieser Mann nicht verdient. Jean musste etwas unternehmen. Dieser Frau musste Einhalt geboten werden. Er dachte einen Moment daran seinen Dienst zu quittieren um sich dezidiert an Nathanaels Seite zu stellen, doch andererseits wollte er diesen Platz, an dem er alles erfahren würde, nicht aufgeben. So brauchte er einen Verbündeten außerhalb. Rasch überlegte er. Würde es weiters auffallen, wenn er das Haus verließ? Eigentlich nicht. Falls Sonja doch noch auf die Idee kommen sollte etwas zu brauchen, könnte Marie das übernehmen. Dies teilte Jean Marie, dem Dienstmädchen, mit, und verließ das Haus. Er wusste, er musste sich beeilen um Nastasja zu finden, denn sie hatte er zu seiner Verbündeten auserkoren.

* * *

„Sie sind sich doch darüber im Klaren, dass Sie sich der Freiheitsberaubung schuldig machen", sagte Nastasja heiser, während sie sich Stanislaus Griff entwand. „Natürlich, aber wer würde Ihnen schon glauben. Ich weiß sehr viel mehr über Sie, als Ihnen lieb sein wird", entgegnete Stanislaus Stern, „Ich würde an Ihrer Stelle sehr vorsichtig sein mit dem, was Sie sagen." „Sie drohen mir also?", entgegnete Nastasja, und versuchte so unbeeindruckt wie möglich zu wirken, „Wohin haben Sie ihn gebracht?" „Sie meinen doch nicht im Ernst, dass ich Ihnen das verraten werde, nachdem ich nun alles daran gesetzt habe, dass sie es nicht erfahren", entgegnete der Anwalt, sichtlich angetan von seiner Finte. „Aber ich werde ihn finden, verlassen Sie sich darauf. Sie werden damit nicht davonkommen, weder Sie noch Sonja, und wer da noch immer mitspielt", prophezeite Nastasja und verließ das Büro. Hastig lief sie die Treppe hinunter. Der Krankenwagen war natürlich längst abgefahren. Mutlos ließ sie sich auf eine Bank sinken.

„Johannes, damit begann der Name des Krankenhauses", dachte Nastasja bei sich, „Es kann doch wohl nicht so schwer sein das ausfindig zu machen. Schließlich wird es nicht so viele geben, die mit diesem Namen beginnen. Ich bräuchte einfach nur ein Branchenverzeichnis." In dem Moment hielt ein Smart direkt vor ihr, ein kleiner bunter Wagen. Ein Mann sprang heraus und steuerte direkt auf sie zu. Nastasja merkte auf. „Nastasja", begann der Unbekannte, „Ich brauche Ihre Hilfe."

5. Wo wir ankommen

„Ach ja? Und woher sollten wir uns kennen?", fragte Nastasja. „Ich bin Jean, der Diener Ihres Freundes Nathanael. Ich habe bereits erfahren was passiert ist und möchte nun alles dafür tun, dass Sonjas Treiben ein Ende gesetzt wird", erklärte Jean. „Und woher soll ich wissen, dass ich Dir trauen kann?", gab Nastasja abwehrend zurück, denn sie war überzeugt davon, dass dies auch wieder eine Finte wäre.

Nastasja sank in sich zusammen. Sie hatte das Gefühl, dass sie von Feinden umzingelt war, oder waren es nur die ersten Regungen einer beginnenden Paranoia, ertappte sie sich sogar schon bei dem Gedanken ob nicht sogar Nathanael ein falsches Spiel spielte. Es war nur wenige Tage her, da hätte sie wohl eine gesunde Vorsicht, aber niemals ein solch ausgeprägtes Misstrauen gekannt, aber war es ihr zu verdenken. Die Ehefrau, von der sie inzwischen annehmen musste, dass sie ihren Mann, Nathanael um den Verstand bringen wollte, und das alles um des Geldes willen. Da war der Anwalt, von dem Nathanael steif und fest behauptete, dass er ihm voll und ganz vertrauen könnte. Seriös wäre er und unvoreingenommen, doch auch Dr. Stern hatte Sonja offenbar gekauft. Die meisten Menschen haben einen Preis. Der einzige Unterschied liegt in der Höhe. Im Augenblick fiel Nastasja nur einer ein, dem sie gänzlich vertrauen konnte, und das war Geri, aber der konnte nun auch nichts ausrichten. Ja, sie hatte große Lust einfach in ihr Häuschen im Wald zurückzukehren und ihr Leben weiterzuleben, so wie es vorher war, alles zu vergessen, doch es ging nicht, und das wusste sie. Man kann hinter eine Erfahrung nicht mehr zurück.

Immer nur nach vorne und das Erfahrene mitnehmen. Manchmal fühlen sich diese Erinnerungen an wie Teer, die zäh und klebrig an einem haften, die sich heiß einbrennen, gleich einem Brandmal. Manchmal sind sie leicht und beschwingt, lassen die Sonne scheinen, wo es regnet und geben einem Schwung und Zuversicht. Nein, sie konnte nicht mehr zurück, nicht mehr als die, die sie gewesen war zurückkehren, denn es war etwas geschehen, und dieses Geschehen hatte sie verändert, so wie jeder Tag einen verändert, so weit es noch Veränderungspotential in einem gibt, Offenheit und Weite.

Indem Nastasja sich verändert hatte, so auch ihr Blick auf die Welt. Es konnte ihr gefallen oder nicht, aber es war so, unhintergehbar. Eine der Dinge, die ihr daran nicht gefielen, war dieses schreckliche Misstrauen, das sie jedem gegenüber hegte, aber dies mit gutem Grund, wie sie nicht müde wurde sich einzureden. Natürlich ist Vorsicht angebracht und ebenso, dass man sich nicht jedem x-beliebigem einfach anvertraut und sich ihm eröffnet, doch es ist ein Unterschied zwischen dieser Vorsicht und diesem ständigen Überwachungsblick auf alles und jeden. Aber vielleicht passte sie sich nur der Situation an, einer Situation, die völlig neu für sie war, die sie in die Abgründe der menschlichen Seele blicken ließ, wobei sie wusste, dass dies erst der Anfang war. Es konnte noch viel tiefer gehen.

Menschen, von denen man glaubte, sie wären Freunde, entpuppten sich als Feinde, und Menschen, die einen ständig umgaben, an die man sich gewöhnt hatte, von denen man meinte, nein, die wollten einem nichts Böses, zeigten ihr wahres Gesicht und Menschen, die vorgaben einen zu lieben stießen einem das Messer in den Rücken oder noch subtiler, sie brachten einen dazu sich selbst das Messer in den Leib zu rammen, um dann in aller Seelenruhe zuzusehen, wie man zugrunde ging, ja einen vielleicht auch noch anfeuerten.

Was ist es nur, was das Geld aus den Menschen macht? Warum hat es solch eine Macht, nicht nur über unsere Gedanken, sondern auch über unseren Umgang miteinander, ja über unser Miteinander? Allen Ortes sät es Zwietracht und Misstrauen, doch es ist falsch dies so zu denken. Das Geld an sich tut weder das eine noch das andere. Es ist einfach da, wie jede andere Erfindung des Menschen auch. Was es mit uns macht, ist das was wir mit uns machen lassen. Wir haben den Staat säkularisiert, haben die Kirche in ihren eigenen Bereich verbannt, um nun den Götzen Geld anzubeten und abstruse Rituale um ihn herum aufzubauen. Vielleicht lässt er sich gnädig stimmen durch unsere Gebete und durch unseren Einsatz. Wieviele ruinieren ihr Leben, ihre Beziehungen bei der ständigen Jagd nach ihrem Gott?

Nastasja wollte von dem allem nichts mehr wissen. Dorthin, wohin sie sich zurückgezogen hatte, dort spielten solche Dinge keine Rolle, dort war sie weit weg von Habgier und Neid, und verschloss die Augen. Aber vielleicht wollte sie das Leben zwingen endlich wieder die Augen zu öffnen und die Realität zu sehen. Das Paradies, von dem Nastasja meinte, sie könnte es sich zurückholen, war endgültig und für immer verloren. Doch hatte sie es denn wirklich ernsthaft geglaubt, auch nur für einen Moment, nachdem der Tod ihr Leben so dramatisch verändert hatte? Eigentlich hatte sie es nicht geglaubt. Eigentlich wusste sie, dass es so ist wie es nun mal ist, voll menschlicher Schwächen, Leiden und Tod. Nur für eine kurze Zeit wiegte sie sich in den Armen eines süßen Traumes, der letztendlich doch nur ein Traum war, aus dem zu erwachen man gezwungen wird, wenn man es nicht selbst tut.

„Sag mir nur einen Grund warum ich Dir glauben sollte?", setzte Nastasja hinzu, doch sie vermied es Jean anzusehen, zu schwer lastete ihr Versagen auf ihren Schultern. Das hätte nicht passieren dürfen, war sie überzeugt. An ihr wäre es gelegen diese schrecklichen Vorkommnisse zu verhindern. Sie hätte es kommen sehen müssen, Aber es war zu schnell gegangen, viel zu schnell, und dann war Nathanaels feste Überzeugung, von der sie sich einlullen ließ, die sie so weit brachte ihre innere Stimme zu ignorieren. Und wer durchschaut auch schon sofort all die perfiden Pläne, die geschmiedet werden. Das war nicht von heute auf morgen passiert, sondern schon von langer Hand geplant gewesen, lange genug um nicht sofort durchschaut zu werden.

„Der erste Grund ist, dass ich hier bin. Ich habe eine gute Anstellung im Hause Keller. Ich persönlich werde gut bezahlt und auch relativ anständig behandelt, so weit Dienstpersonal anständig behandelt wird. Allerdings weiß ich, dass einige Damen es gerne sehen würden, wenn ich bei ihnen in Dienst träte, aber lassen wir das, das führt zu weit. Wichtig ist, dass ich durch mein Kommen Verrat übe an Sonja und sie hintergehe", entgegnete Josef, der sich Jean nennen ließ. „Das ist schon mal kein schlechter Anfang", konstatierte Nastasja, „Aber wer sagt mir, dass Du mir das nicht nur vorspielst. Vielleicht ist es nur eine neue, perfide List von ihr. Sie schickt Dich um mich zu begleiten. So könnte sie in jedem Moment genauestens informiert sein wo ich mich aufhalte und was ich gerade mache, mich quasi unter Kontrolle halten. Vielleicht weihe ich Dich auch in meine Pläne ein, so dass sie diese vereiteln kann. Es kann natürlich auch sein, dass Du wirklich aus freien Stücken kommst, aber sie könnte doch Dein Vorhaben durchschaut haben und Dich überwachen lassen, so dass

Du gar nichts zu tun brauchst um zum Verräter zu werden." „Ein interessanter Gedanke, und ich gebe zu, er entbehrt nicht einer gewissen Logik. Ich kann auch verstehen, dass das Misstrauen nun vorherrscht, dass Du Dich unbedingt absichern willst ob Du jemandem vertrauen kannst oder nicht. Aber Du weißt auch, dass es verdammt schwer ist jemanden zu überzeugen, dass er einem vertrauen kann, wenn er vom Gegenteil ausgeht. Kannst Du nicht jede meiner Taten im Licht Deiner Ahnungen interpretieren? Bewahrheiten sich Prophezeiungen nicht schon dadurch, dass man an sie glaubt und sie erfüllt sehen will?", entgegnete Josef sinnend, „Aber ich werde versuchen Dich von meiner Loyalität gegenüber Nathanael zu überzeugen." „Ich bin schon sehr gespannt", entgegnete Nastasja forsch.

„Wo soll ich beginnen? Ich denke dort, wo ich den Dienst bei Nathanael annahm", antwortete Josef mit Bedacht, „Es sind mittlerweile sechs Jahre vergangen, seit diesem Tag, an dem ich den neuen Dienst antrat. Nathanael hatte sich dieses Haus gerade erst gekauft und sah die Notwendigkeit, dass jemand da sein musste, der sich um das Anwesen kümmerte. Nachdem er selbst ständig mit der Firma beschäftigt war, musste er diese Aufgabe jemand anderen anvertrauen. Ich kam zu dem Vorstellungsgespräch. Rasch überflog er meine Zeugnisse, um sie beiseite zu legen und mich von oben bis unten zu mustern. Dann sagte er zu mir: ‚Sie gefallen mir. Ich werde Ihnen dieses gesamte Anwesen anvertrauen, und sie können tun was immer Sie für nötig halten. So lange das alles ordentlich funktioniert, werde ich mich nicht einmischen. Sie haben also völlig freie Hand. Sollte ich allerdings den Eindruck haben, dass das nicht funktioniert, so müssen Sie auf der Stelle gehen. Sind Sie mit diesen Bedingungen einverstanden?' Ich war zutiefst beeindruckt von so viel Vertrauen, und mein erster Gedanke war, dass ich diese Aufgabe unbedingt übernehmen wollte. Dieser Mann wusste genau was er wollte. Ich fragte ihn dann nur mehr, ob denn die gnädige Frau auch einverstanden wäre mit dieser Vorgangsweise, worauf er kurz und bündig antwortete: ‚In diesem Haus gibt es keine gnädige Frau und wird es auch niemals eine geben.' Damals glaubte er wohl an seine eigenen Worte. Er hatte zwar ab und zu Affären, doch er ließ niemanden an sich heran. Sobald es auch nur den Anflug einer Ahnung gab, dass sich eine Beziehung verfestigen könnte, brach er sie ab. Mir war es nur recht, denn so musste ich mich nur um die Wünsche eines Menschen kümmern, der noch dazu selten im Hause anzutreffen war. Eine Frau hätte da nur Verwirrung und Unruhe hineingebracht, vor allem, wenn es eine wäre, die zu Hause sitzt und die Herrin spielt. Ich sah allerdings nur diesen Vorteil, und nicht die Gefahr, denn trotz seines Erfolges in beruflichen Belangen, war er in emotionalen Angelegenheiten ein Kind geblieben. Ich hoffe, das wird jetzt nicht missverstanden, aber dadurch, dass er sich niemals auf eine engere Bindung eingelassen hatte, war er naiv geblieben. Vielleicht konnte er es auch nicht. Ich habe damals nicht darüber nachgedacht.

Und dann kam jener Tag, jener verhängnisvolle Tag, an dem sie auftauchte, Sonja. Damals hieß sie noch Pribil, und im Nachhinein betrachtet kann ich behaupten, dass sie von Anfang an alles bis ins kleinste Detail geplant hatte, und dieser Plan war ein verdammt guter. Es war ja nicht schwer Nathanaels Leben zu verfolgen, denn er war ständiger Angriffspunkt seriöser und auch weniger seriöser Medien. So fand man seinen Namen in den Wirtschaftsgazetten ebenso wie in den Klatschspalten. Sowohl in den einen wie auch in den anderen ging es immer um seine Affären. Sein Sinn fürs Geschäft und seine Taktik waren weithin bekannt, wurden gleichermaßen bewundert und gefürchtet, und so weit ich Einblick darin habe, handelte er stets klug und angemessen, ohne das Risiko zu scheuen. Alles gelang ihm. Er schien ein Liebkind des Glücks zu sein. Und ich gönnte es ihm. Dann wurde sein Sekretär krank, seine rechte Hand, ohne den er eigentlich nicht arbeiten konnte. Dies bedeutete für ihn eine tiefe narzisstische Kränkung, nahm er es doch als eine persönliche Zurückweisung auf und hielt die Krankheit nur für vorgetäuscht. Ich hatte ihn noch nie so erlebt. Er gebärdete sich wie ein Irrer, rasend vor Selbstmitleid und Angst. Niemals wieder würde er jemanden finden, der so mit ihm zusammenarbeiten könne, meinte er damals, und just in diesem Moment tauchte sie auf.

Nathanael war seelisch zerrüttet und verwundet, und sie nützte diese Situation der Schwäche schamlos aus. Sie wusste genau, dass sie keine Chance hätte, würde sie sich ihm von der amourösen Seite nähern, denn er sollte die Initiative ergreifen. Innerhalb kürzester Zeit hatte sie sich so perfekt eingearbeitet, dass sie für ihn unentbehrlich wurde. Dann verliebte er sich in sie, doch sie ließ ihn zappeln, mit der Ausrede, dass sie doch zusammenarbeiten müssten und dass ihre geschäftliche Beziehung nur unnötig verkomplizieren würde. Damit hatte sie seinen Jagdinstinkt geweckt. Jetzt wollte er sie erst recht haben. Von da an setzte er alles daran sie zu erobern. Wozu Frauen Männer doch zu bringen vermögen. Sie schaffte es ihn vor den Traualtar zu bringen, wobei er davon überzeugt war, dass er das unbedingt wollte. Sie verstand es ihm in den Glauben zu lassen, dass alle Initiative von ihm ausging, dass er das Heft in der Hand hatte. Vor ungefähr zwei Jahren war dann die Vermählung, und ich hatte nun doch eine gnädige Frau im Haus, und zwar eine, die sich vom ersten Moment an, da sie Keller hieß wie eine Matrone gebärdete. Irgendwie kam sie mir von Anfang an bekannt vor, doch ich wusste sie nicht zuzuordnen.

Erst vor Kurzem erfuhr ich woher sie kam und wer sie vorher war. Als ich eines Tages meine Mutter besuchte, sagte diese ganz beiläufig, dass sie das Bild meiner Gnädigen in der Zeitung gesehen hätte und in ihr die uneheliche Tochter des Hausmeisters erkannt hatte. Das war wohl auch der Grund, warum sie mich von Anfang an nicht leiden konnte. Sie wollte wohl alles tun um zu verhindern, dass jemand erfuhr woher sie kam und wer ihr Vater war. Dabei war ich eine Gefahr, zumindest sah sie es so. Wären die Dinge ein wenig anders gelegen, hätte sie mich anständig behandelt, so wäre ich durchaus bereit gewesen zu vergessen was ich wusste, aber so behielt ich es, denn es könnte eines Tages von Nutzen sein. Damals dachte ich auch daran das Haus zu verlassen, eingedenk der Worte, dass es niemals eine gnädige Frau geben würde. Andererseits fühlte ich mich Nathanael verpflichtet, der all die Jahre so viel Vertrauen in mich gesetzt hatte. Ich hatte die Absicht da zu sein, wenn er mich brauchte, und dass er jemanden brauchen würde, darüber bestand kein Zweifel, denn diese Frau würde ihn zugrunde richten. Nicht nur, dass sie ihn dressiert hatte wie einen kleinen Hund, es bereitete ihr das größte Vergnügen ihn für sich tanzen zu lassen. Wie eine Marionette hing er an den unsichtbaren Fäden, die sie um ihn gelegt hatte. Wie ein kleines, unmündiges Kind gebärdete er sich ihr gegenüber. Doch es würde allzu schnell der Moment kommen, da sie dieses Spiels überdrüssig sein würde. Dann würde sie ein neues Opfer brauchen. Wenn es so weit wäre, wollte ich da sein und Nathanael unterstützen. Allerdings dachte ich dabei eher an die ein oder andere Affäre, jedoch niemals daran, dass sie sich in den Kopf gesetzt hätte ihn zu vergiften. Ich habe lange nichts davon bemerkt, deshalb kann ich auch nicht genau sagen, wann sie damit begonnen hat, aber inzwischen bin ich fest davon überzeugt, dass es bereits kurze Zeit nach der Vermählung gewesen sein musste. Offensichtlich wurde es erst, als die Anfälle begannen.

Mittlerweile hatte sie das ganze Haus mit Überwachungsgeräten ausgerüstet. In jedem Raum befinden sich Kameras und Mikrophone, außer in ihrem eigenen, in dem sich quasi die Überwachungszentrale befindet. Sie weiß also zu jeder Zeit was sich in welchem Teil des Hauses zuträgt. Doch auch das war ihr noch zu wenig. Sie verwanzte auch noch seine Autos, und wie ich seit einigen Tagen weiß, auch sein Büro. Zunächst war das wohl nur der Vollständigkeit halber, doch es geschah immer wieder, dass Informationen nach außen drangen, die niemand wissen konnte, außer den Menschen, die in Nathanaels Büro kamen. Der Verdacht Insiderwissen zu verkaufen fiel zunächst auf einen der drei Prokuristen in Nathanaels Firma, denn dieser war erst seit Kurzem mit dabei, doch die Anschuldigungen stellten sich als haltlos heraus. Sie hat es ausgenutzt und über Strohmänner Geschäfte getätigt, die der Firma ihres Mannes nicht unbedingt schadeten, aber doch eine schöne Rendite abwarfen, auf die Nathanael natürlich ungern verzichtete. Sie ging dabei so geschickt vor, dass sie selbst niemals in Erscheinung trat und auch keine Möglichkeit bestand sie damit in Zusammenhang zu bringen. Das bedeutet, dass sie einen Komplizen haben musste, und dieser Komplize war Nathanaels

Steuerberater. Aber jetzt hat sie es geschafft auch ihn aus dem Weg zu räumen. Es ist allerhöchste Zeit etwas zu unternehmen." Damit beendete Josef seine Erzählung. Nastasja hatte mit großem Interesse zugehört. Dieser hatte sich Nastasja mit seiner Offenheit quasi ausgeliefert, so dass sie nun überzeugt war, sie könne ihm zumindest so weit vertrauen, dass sie gemeinsam Nathanael aus diesem Krankenhaus holen würden. „Du weißt in welchem Krankenhaus er sich befindet?", fragte Nastasja. „Ja. Es heißt Johannes zum Kreuz", antwortete Josef schnell, „Doch dieses als ein Krankenhaus zu bezeichnen, bedeutet einen Euphemismus. In Wahrheit handelt es sich um eine Irrenanstalt. Zwar eine sehr noble, aber es ändert nichts daran, dass es eine Irrenanstalt ist, und genau da wollte sie ihn hinhaben." Kurz darauf waren sie auf dem Weg.

* * *

„Es ist also alles so gelaufen wie geplant", stellte Sonja fest, „Schließt ihn dort ein. Ihr könnt dann nach Hause fahren. Danke, das habt ihr sehr gut gemacht." Damit legte sie auf und nahm einen Schluck aus ihrer Tasse. Eigentlich war es mehr ein Nippen. „Alles gut gelaufen?", unterbrach Samuel ihre Gedanken. „Ja, natürlich. Es hat alles so funktioniert wie wir es geplant hatten", antwortete Sonja schließlich, „Nathanael ist im Försterhaus." „Gut, dann werden wir uns dorthin begeben. Damit er nicht noch zum Randalieren beginnt", meinte Samuel und wollte schon aufstehen, doch Sonja hielt ihn zurück. „Wir haben noch ein paar Stunden Zeit, denn Fritz meinte, es war notwendig ihm ein Beruhigungsmittel zu spritzen. Er wird ein paar Stunden schlafen. Ich hoffe auch darauf, dass er kooperativer ist, wenn er erst ausgiebig geschlafen hat", erklärte sie, voller Hoffnung, dass er sich nun doch endlich helfen lassen würde. Es war mehr als Hoffnung, sie würde ihn nun endlich mit der ganzen Wahrheit konfrontieren, so schmerzhaft sie auch immer sein mochte, doch es war der einzige Weg ihn von sich selbst zu einem neuen Leben zu befreien. „Aber inzwischen werden doch Jean und Nastasja dahinterkommen, dass sie einer falschen Fährte gefolgt sind", warf Samuel ein. „Ja, sie werden es bereits in ungefähr einer Stunde wissen, aber ich habe dafür gesorgt, dass sie an einen Ort gebracht werden, wo sie für 24 Stunden nichts auszurichten vermöchten", erklärte Sonja kryptisch. „Du willst damit doch nicht etwa sagen, dass Du sie einsperren lässt?", fragte Samuel staunend, und seine Bewunderung für sie steigerte sich noch mehr. „Vielleicht sollten wir versuchen auch ein paar Stunden zu schlafen. Wir haben eine schwere Aufgabe zu erfüllen", schlug nun Sonja vor, Samuels Frage geflissentlich übergehend.

Sonja war wohl erschöpft. Wie viele Nächte hatte sie schon keine Ruhe gefunden, sich unruhig im Bett gewälzt auf der Suche nach einem Ausweg. Jetzt schien alles so greifbar nahe und es war Zeit Kraft zu tanken für den nächsten Akt. Nein, so hatte sie sich ihre Ehe mit Nathanael ganz gewiss nicht vorgestellt, ja ihr ganzes Leben hatte sie sich völlig anders vorgestellt. Sie war zielstrebig und wusste genau was sie wollte. Die Heirat mit Nathanael war eindeutig auf ihr Betreiben hin zustande gekommen, doch es war nicht aus den Gründen, die ihr die Menschen unterstellten. Sie stammte aus armen Verhältnissen, und ja, sie war bestrebt dieses Elend so schnell wie möglich hinter sich zu lassen. Deshalb hatte sie auch Psychologie und Betriebswirtschaft studiert und mit Bravour beendet. Während des Studiums hatte sie ein Praktikum in Nathanaels Firma machen können, und bekam so Einblick in die Abläufe. Es gefiel ihr so gut, dass sie beschloss nach Beendigung ihres Studiums hier arbeiten zu wollen. Deshalb verfolgte sie jeden von Nathanaels Schritten, der in der Öffentlichkeit bekannt wurde, und es wurde fast alles bekannt, da seine Geschichten immer erzählenswert waren und viele Leser versprachen. Natürlich war seine Art geschäftlich zu agieren nicht unumstritten. Schnell hatten sich zwei Lager gebildet. Die einen, die seine Art zu agieren wie die Lehre einer Religion auffassten und es ihm in allen Dingen gleichzutun suchten. Das andere, das ihn verdammte, ob seines obsessiven turbokapitalistischen Ansatzes. Er hatte den Ruf über Leichen zu gehen, die Menschen, die für ihn arbeiteten auszubeuten und überhaupt alles nur unter betriebswirtschaftlichem Standpunkt zu sehen.

Das war auch kein Wunder, denn nur jene Mitarbeiter sprachen öffentlich über die Firma, die sich schlecht behandelt fühlten, entweder anonym oder erst nach ihrem Ausscheiden. Die, die sich wohl fühlten und die blieben hatten keinen Grund sich darüber zu äußern. Viele verkrafteten die Freiheit nicht, die sie auf ihrem Arbeitsplatz hatten. Denn nicht nur der Diener erhielt alle Rechte, die mit seinem Arbeitsplatz verbunden waren, aber damit auch deren Pflichten, sondern Nathanael verfuhr mit sämtlichen seiner Mitarbeiter auf die gleiche Weise. Jeder war für sich selbst verantwortlich, je nach Stellung und Aufgabenbereich. Diese Verantwortung forderte er auch ein. Was für die Dame in der Verpackungsabteilung zumeist selbstverständlich war, konnte so manchem Herrn auf der oberen Managementebene nicht plausibel gemacht werden.

„Sie sind hier nicht im geschützten Bereich. Hätten Sie das wollen, so wären sie zu einer Bank oder in ein Amt gegangen, und nicht hierher. Wenn wir durch den Unsinn, den Sie angestellt haben Geld verlieren, so haben Sie diesen Verlust wieder auszugleichen", pflegte er zu ihnen zu sagen, woraufhin die meisten sich nicht erblödeten anzumerken, dass sie dennoch Anrecht auf ihre Prämie hätten. „Nein, haben Sie nicht, denn es ist eine Erfolgsprämie, die Sie – wie der Name vielleicht schon sagt – im Falle eines Erfolges erhalten. Eigentlich sollten Sie mir eine Prämie bezahlen für Ihren

Misserfolg. Nachdem das allerdings nicht erlaubt ist, muss ich mich damit begnügen Ihnen diese Prämie nicht zu zahlen, da die Auszahlung auch jeder Grundlage entbehrt", versuchte Nathanael dem betreffenden Herrn zu erklären, der immer noch nicht verstand. „Aber Sie selbst haben doch auch Misserfolge", versuchten sie dann einzuwerfen. „Ja, natürlich. Wer risikoreich wirtschaftet muss auch Misserfolge einkalkulieren. Der Unterschied ist nur, ich verliere mein Geld dabei", antwortete Nathanael schon etwas gereizt. Dennoch blieben sie fast immer dabei und insistierten weiter, beharrten auf der Auszahlung ihrer Erfolgsprämie. Regelmäßig endeten solche Fälle vor dem Arbeitsgericht.

Einmal erfolgte solch eine Anklage wohl zurecht, da Nathanael handgreiflich wurde. Seit diesem Vorfall hing ein Boxsack in seinen Büro, dessen er sich bediente, wenn seine Geduld durch übermäßige Dummheit überstrapaziert wurde. Und es muss gerechter Art und Weise zugegeben werden, dass seine Geduld sehr rasch überstrapaziert werden konnte. Die Situation besserte sich erst, als Sonja seine rechte Hand wurde, denn sie nahm ihm solche Gespräche von nun an ab. Ihre Vorgangsweise war dabei ganz eine andere. Bei der Erwähnung der Erfolgsprämie sagte sie bloß. „Gut, ich werde Ihnen die Prämie zahlen. Allerdings finden sie morgen auf jeder relevanten Plattform einen ausführlichen Artikel über den Unsinn, den sie geleistet haben." Daraufhin verzichteten die Betreffenden unisono auf ihre Erfolgsprämie. Ihr guter Ruf war ihnen wohl wichtiger, noch wichtiger als das Geld, das sie momentan kassieren konnten, denn so viel verstanden sie schon, dass so eine Bewertung für den Rest ihrer Karriere an ihnen kleben würde, wie ein alter Kaugummi auf der Schuhsohle. Nur einer meinte das nicht ernst nehmen zu müssen, und prompt nahm ihn niemand mehr ernst.

Nathanael agierte direkt und unmissverständlich. Sonja hingegen war diplomatisch und intrigant, was nicht unbedingt negativ sein muss. Als sie nun davon las, dass die Stelle seiner rechten Hand frei geworden war, beschloss sie alles daran zu setzen um diesen Job zu bekommen. Daher rührte ihr forsches Auftreten und ihre Direktheit Sie hatte selbst nicht gewusst, dass sie so sein könnte, aber ein unbedingtes Wollen kann in uns Kräfte und Potentiale zum Vorschein kommen lassen, von denen wir selber nichts wussten. Doch sie hatte ihr Ziel erreicht und wusste sich dessen würdig zu erweisen. Sie konnte so viel von Nathanael lernen, jeden Tag aufs Neue, und sie erwies sich ihrerseits als die beste Wahl für diesen Job, denn sie vergaß nie etwas und er konnte sich absolut auf sie verlassen. So viel wie möglich nahm sie ihm ab. So wurde Sonja für Nathanael sehr rasch unentbehrlich. Dass sie sich allerdings ineinander verliebten, das war nicht miteingeplant gewesen. Als es jedoch geschah, dachte Sonja lange darüber nach ob es denn gut wäre dieser Neigung nachzugeben, vor allem weil sie nicht abzuschätzen vermochte ob eine emotionale Partnerschaft ihr geschäftliches Miteinander nicht belasten würde. Deshalb unterzog sie sich und ihre Gefühle einer sorgfältigen Prüfung bevor sie sich auf etwas einließ. Sie kam zu dem Schluss, dass eine Intensivierung ihrer Beziehung sicherlich auch einen positiven Effekt auf ihre Zusammenarbeit haben musste. Deshalb gab sie schließlich seinem Werben nach. Sie würde diesen Abend wohl nie vergessen.

* * *

An diesem Tag, einem wunderschönen, sonnigen Maitag, war es ihnen gelungen ein von langer Hand vorbereitetes und heiß diskutiertes Geschäft endlich zu einem positiven Abschluss zu bringen. Dieses Geschäft war von fundamentaler Bedeutung für den weiteren Werdegang der Firme, denn es eröffnete neben dem momentanen Gewinn auch den Zugang zu einem großen, neuen Markt. „Ich dachte, wir sollten diesen Erfolg feiern", sagte Nathanael an diesem Tag leichthin zu Sonja, die sofort einverstanden war. Für diese Feier hatte Nathanael ein kleines lauschiges Bistro am Flussufer gewählt, da er wusste wie sehr Sonja das Wasser mochte. „Lass uns auf unsern Erfolg anstoßen", forderte Nathanael Sonja auf, die dieser Aufforderung gerne entsprach, „Und nun, da wir schon so nett beisammen sind, möchte ich gerne noch über etwas anderes mit Dir sprechen." Nathanaels Aussage sollte kryptisch klingen, doch Sonja wusste sofort worauf er hinaus wollte, doch sie ließ ihm das Steuer. „Sehr gerne. Worüber möchtest Du mit mir sprechen? Wollen wir den Marketingplan für das neue Verkaufsgebiet skizzieren, dass ich das morgen gleich weitergeben kann?", fragte sie, und es war wohl schon etwas Scheinheiligkeit dabei, doch das schien ihn anzustacheln. „Nein, denn morgen werden wir, wenn Du einverstanden bist, nicht im Büro sein, ebenso wie den Rest der Woche", entgegnete er, „Allerdings, wenn Du nicht einverstanden bist, werde ich mich für den Rest der Woche im Büro unter einem Haufen Papiere vergraben." „Ja, aber womit soll ich denn einverstanden sein?", fragte Sonja. „Meine Frau zu werden!", sagte er direkt heraus, doch sie sah, dass ihm das alles andere als leicht fiel. Seine Hände zitterten und waren kalt. „Ja, damit bin ich einverstanden", antwortete Sonja lächelnd. Sie sah keinen Grund ihn länger leiden zu lassen, nachdem sie diese Entscheidung für sich bereits getroffen hatte, „Allerdings wäre es mir recht, wenn wir einen Ehevertrag abschließen, damit Du nicht meinst, ich hätte irgendwelche Hintergedanken." „Aber das weiß ich doch, und ich vertraue Dir ohne jede Abstriche, ich brauche keinen Ehevertrag", entgegnete er bestimmt. „Ich hätte es gerne", merkte Sonja an. „Nein, niemals. Entweder nehmen wir einander an mit allen Rechten und Pflichten und rückhaltlos oder wir lassen es!", brach es aus ihm heraus, „Du weißt, ich hasse diese halben Sachen." „Ist schon gut. Wir lassen es vorläufig. Vielleicht ergibt es sich ja noch", sagte Sonja beruhigend. „Nicht nur vorläufig, es soll für immer sein, bis dass der Tod uns scheidet!", warf er überzeugt ein. Sie setzten die Hochzeit für Juli fest.

Nathanael schien der glücklichste Mann zu sein, was ihn aber nicht davon abhielt sich noch mehr in die Arbeit zu stürzen. „Ich habe jetzt schließlich für zwei zu sorgen", pflegte er lächelnd zu sagen, „Und außerdem habe ich Dich dann immer bei mir." Sonja war ebenfalls glücklich, doch sie war selbst im Glück nüchtern und selbstdiszipliniert. Sie spürte, dass er wie Wachs war in ihren Händen, was für sie eine große Verantwortung bedeutete, die sie auch ernst nahm. Dann begannen die Anfälle. Nathanael sprach mit sich selbst. Das war für Sonja nicht weiter beunruhigend, denn das passiert schon mal, wenn man viel durchzudenken hat, aber nach und nach begann er mit Menschen zu sprechen, die nicht da waren, phantasierte von Dingen, die nicht passiert sein konnten, weil sie dabei war. Sie nahm es als Zeichen für Überarbeitung und Erschöpfung und machte sich keine weiteren Gedanken darüber. „Wir werden zwei Wochen verreisen nach der Hochzeit", schlug sie ihm vor. „Meinst Du, dass das geht, ganze zwei Wochen, gerade jetzt, wo uns die Firma so viel abverlangt und so viele Entscheidungen anstehen?", fragte er verunsichert. „Wenn es Dir recht ist, werde ich alles so vorbereiten, dass wir die zwei Wochen gar nicht abgehen werden und falls wirklich etwas Dringendes anliegt, bist Du ja jederzeit erreichbar", entgegnete Sonja, „Ich denke, eine Auszeit täte uns beiden gut. Vielleicht auch um uns abseits der Firma ein wenig besser kennenzulernen. Ich weiß nach wie vor viel zu wenig von Dir." „Ja, Du hast recht", meinte er sinnend, „Ich fühle mich in letzter Zeit ein wenig verspannt." Sonja sah ihn an. Meinte er das jetzt ernst? Merkte er selbst von dieser Wesensveränderung nichts, oder nahm er es einfach nicht ernst genug? Wie auch immer, sie würden zwei Wochen wegfahren. Sonja war davon überzeugt, dass dann alles anders werden würde, dass die Anfälle aufhören und Nathanael wieder ganz der Alte werden würde, so wie sie ihn kennen und schätzen gelernt hatte.

* * *

Nastasja und Josef fuhren mit seinem kleinen bunten Auto durch die Stadt. Ihr Ziel war das Sanatorium Johannes zum Kreuz. Sanatorium hieß es offiziell, hatte ihr Josef erklärt, doch jeder, der nur ein wenig mit dieser Stadt vertraut war, wusste dass es sich um eine psychiatrische Klinik handelte. allerdings war diese den Reichen und Mächtigen vorbehalten, da sie privat zu bezahlen war. Auch hier herrschte die Zwei-Klassen-Gesellschaft. Die Plätze waren wirklich sehr teuer. Damit wurden allerdings nicht nur die Kosten für Unterkunft und die entsprechenden Therapien abgedeckt, sondern auch die für Verschwiegenheit. Jeder Patient, der sich hier einfand, tat dies mit der absoluten Gewissheit, dass niemand von diesem Aufenthalt erfahren würde, zumindest von Seiten des Instituts. Für Angehörige und andere etwaige Mitwissende konnte das Sanatorium natürlich nicht bürgen. Diese Anonymität und Verschwiegenheit war den Patienten einiges wert. Das war auch der Grund warum es eine gute Autostunde entfernt von der Stadt lag, mitten in einem großen Wald, so dass es von außen uneinsehbar war. Dennoch konnten sich die Patienten innerhalb des Areals frei bewegen. Des Weiteren bestand die Möglichkeit, dass die Hilfesuchenden zu jeder Tages- und Nachtzeit das Areal betreten konnten, so dass es fast schon Routine war, dass diese die späten Nachtstunden wählten. Ein kurzer Anruf genügte, und ein Zimmer stand für sie bereit. Die meisten kamen darüber hinaus noch freiwillig und schätzten die professionelle Hilfe, die sie erwarten konnten.

„Aber was machen wir, wenn wir dort sind?", fragte Nastasja unvermittelt. Josef dachte nach. „Darüber habe ich mir eigentlich noch keine Gedanken gemacht", musste er zugeben, „Aber wir müssen fast eine Stunde fahren. Wir haben Zeit darüber nachzudenken. Eines ist sicher. Wir müssen einen Weg finden ihn dort wieder heraus zu bekommen." „Du meinst also, wir könnten da so mir nichts Dir nichts hineinspazieren, sagen wir holen Nathanael Keller und dann nehmen wir ihn einfach mit?", fragte Nastasja mit unüberhörbarer Skepsis. „Nein, natürlich nicht, aber es muss einen Weg geben", blieb Josef bei seiner eingefahrenen Meinung. „Und was ist, wenn er wirklich krank ist? Was ist, wenn Sonja ihn zu recht in die Klinik bringen ließ und ihn nicht vergiftet hat?", warf Nastasja plötzlich ein, die sich gar nicht wohl fühlte in ihrer Haut.

So sicher war sie sich gewesen, doch plötzlich schien sie vergessen zu haben worauf diese Gewissheit beruhte. Gründete ihr Verdacht nicht nur auf dem, was ihr erzählt wurde? Dazu kamen noch Interpretationen von Vorkommnissen, die sie zwar selbst erlebt hatte, aber doch nur kleine Splitter aus einem Gesamtzusammenhang waren, zu dem sie keinen Zugang hatte. „Das ist völlig unmöglich!", antwortete Josef knapp und mit dem Brustton der Überzeugung. „Aber wie kannst Du Dir so sicher sein? Hast Du denn je dezidiert gesehen, dass sie ihn vergiftet hat? Hast Du irgendeinen Beweis dafür? Oder spekulierst Du nur, weil Du sie nicht magst?", entgegnete Nastasja. „Ich weiß einfach was ich weiß, und das ist doch wohl eine schöne Unterstellung!", brauste nun Josef auf, um etwas gemäßigter hinzuzusetzen, „Natürlich habe ich es nicht direkt gesehen, dass sie ihn vergiftet hat, aber es gibt keine andere Erklärung für seine plötzliche Verhaltensänderungen, oder meinst Du, dass sich ein Mensch über Nacht so ändert, Halluzinationen hat und irre wird, ohne äußeren Einfluss?"

„Erstens war es nicht über Nacht. Selbst wenn sie ihm Drogen verabreicht hat, geht das nicht über Nacht, aber eine Geisteskrankheit beispielsweise kann sehr lange unerkannt schlummern, wie Dornröschen, das plötzlich wachgeküsst wurde. Dieser Kuss kann in einer großen emotionalen Erschütterung bestehen, wollen wir bei diesem Bild bleiben, und diese große emotionale Erschütterung hat ganz bestimmt stattgefunden. Schizophrenie zum Beispiel. Gab es denn in seiner Familie Fälle von Schizophrenie? Die nächste Möglichkeit wäre ein Hirntumor, der so weit gewachsen ist, dass er diese Halluzinationen herbeiführt." „Du tust ja gerade so, als wärst Du Ärztin!", sagte Josef, und es klang spöttisch. „Ich habe die Ausbildung auch fast fertig gemacht und seitdem beschäftige ich mich mit dem menschlichen Körper und mit der Psyche", entgegnete Nastasja ruhig. „Trotzdem, ich halte Deine Theorie für ziemlich weit hergeholt. Du hast sie doch selbst erlebt. Warum würde sie ihn denn sonst ständig überwachen?", warf nun Josef ein. „Es tut mir leid, aber ich habe es nicht erlebt, dass sie ihn überwacht, aber selbst wenn dem so sein sollte, könnten sie andere Gründe als die von Dir unterstellten sie dazu veranlasst haben. Vielleicht um ihn vor sich selbst zu schützen, um ihn im Zweifelsfall vor einer Dummheit zu bewahren", versuchte Nastasja einen Beweggrund für Sonjas Vorgehen zu finden. „Und warum hat sie das dann nicht mehr gemacht als er bei Dir im Wald war?", fragte Josef weiter. „Weil sie ihn da in Sicherheit wusste, denke ich, denn ich bin inzwischen überzeugt davon, dass sie die ganze Zeit über wusste wo Nathanael sich aufhielt, während der ganzen Zeit", überlegte Nastasja. „Und zuletzt ist da diese Affäre mit

Dr. Wald", sagte Josef triumphierend. „Das ist auch eine Sache, die mir eher unklar ist, denn wenn sie wirklich so intelligent und durchtrieben ist, wie alle von ihr annehmen – und die ganze Vorbereitung zeigt es, warum lässt sie sich dann so offensichtlich auf eine Affäre ein, die ihr eigentlich nur Nachteile bringt. Hat sie denn je jemand in einer verfänglichen Situation mit Dr. Wald gesehen?", gab Nastasja zu bedenken. „Sag mal, auf welcher Seite stehst Du eigentlich?", fragte Josef endlich. „Ich wusste gar nicht, dass es hier Seiten gibt, aber wenn Du es schon so sehen willst, dann stehe ich auf der Seite der Wahrheit. ich möchte für Nathanael das Beste, aber ich will auch niemandem Unrecht tun", entgegnete Nastasja überlegt, „Und weißt Du, was mir jetzt so richtig klar wurde, so viel Zeit er auch bei mir verbracht hatte, ich weiß so gut wie nichts über ihn. Immer wenn ich versuchte etwas über seine Vergangenheit, seine Kindheit in Erfahrung zu bringen, blockte er ab und wechselte das Thema", meinte Nastasja unvermittelt, und sie musste an Geri denken. Wo der wohl abgeblieben war?

„Wozu sollte das gut sein?", hörte sie nun Josef fragen, „Es macht keinen Unterschied, denn ich kenne ihn schon einige Jahre und weiß was ich weiß", sagte Josef entschieden, und wischte damit jedes Argument vom Tisch. „Schade", sagte Nastasja, und während des Restes der Fahrt herrschte drückendes Schweigen. Endlich bogen sie in einen Waldweg ein, um nach etwa zehn

Minuten Fahrtzeit vor einem großen, schmiedeeisernen Tor zu halten. Das Areal selbst war von einer großen Mauer umgeben, die fast nicht zu sehen war, da sie derart gestrichen war, dass sie wie ein Spiegelbild des umliegenden Waldes wirkte. Josef parkte das Auto ein wenig abseits des Weges. Dann stiegen sie aus und gingen auf die Mauer zu. Doch was sollten sie jetzt tun?

* * *

Sonja hatte all ihre Hoffnungen in diesen gemeinsamen Urlaub gesetzt. Nicht zu weit wegfahren, dachte sie sich, denn es sollte ja nicht wieder in Stress ausarten, aber auch weit genug weg, dass man nicht darüber nachdenken konnte einmal kurz einen Sprung in der Firma vorbeizuschauen. Schließlich hatte ihr Nathanael völlig freie Hand gelassen. „Es ist mir völlig egal wohin wir fahren, so lange ich mit Dir zusammen bin", hatte er dezidiert gesagt. Wie würde er es wohl aushalten, diese zwei Wochen ohne Arbeit? Sie beruhigte sich mit dem Gedanken, dass sie ja dabei war und lenkend eingreifen könnte. So war sie auch bereit über das eine oder andere hinwegzusehen, auch wenn sie im Nachhinein begriff, dass schon damals die Alarmglocken bei ihr hätten läuten sollen. Warum hatte sie sich selbst so leicht beschwichtigen, einlullen lassen? Aber es gibt eben immer so einfache, bequeme Erklärungen, die man heranziehen kann, wenn man etwas anderes nicht sehen will, wenn man nicht verlieren will. Hatte sie ihn nicht damals schon verloren? Mehr noch, hatte sie ihn denn je für sich gewonnen? Nicht, weil er das nicht wollte, sondern weil er das nicht konnte, sich gewinnen lassen, sich öffnen, sich aus seiner Verstrickung in seinen Seelenqualen lösen. Das war wohl auch der Grund, warum er sich immer so in die Arbeit gestürzt hatte. Lange Jahre gelang es das hintanzuhalten, doch jetzt war es nicht mehr zu verleugnen.

Dennoch, in diesem Moment wollte sie nichts als sich auf diesen gemeinsamen Urlaub zu freuen. Am zweiten Samstag im Juli fand die Hochzeit statt, im kleinen Rahmen, und im Anschluss machten sie sich auf den Weg nach Dublin, der Stadt, in der die Lebensfreude zu Hause sein sollte. Doch bereits am nächsten Tag musste sich Sonja eingestehen, dass der Ortswechsel nicht nur nichts besser machte, sondern ganz im Gegenteil, es führte dazu, dass Nathanael nun völlig desorientiert war. Es schien als wäre er gerade erst in diese Welt gekommen und fand nichts, was ihm vertraut war, nichts woran er sich halten konnte. Nach fünf Tagen bereits brachen sie den Urlaub ab. Zurück in der Firma stabilisierte sich sein Zustand wieder halbwegs. Fast kam es ihr so vor, als hätte er alles nur inszeniert um so schnell wie möglich wieder zurückkommen zu können. Hatte sie sich tatsächlich so geirrt in dem Mann, den sie geheiratet hatte? Sollte sie sich wieder von ihm trennen? Das kam für sie überhaupt nicht in Frage, denn mit dem Ja vor dem Altar hatte sie Verantwortung übernommen. „In guten wie in schlechten Zeiten", hatte sie versprochen. Jetzt waren schlechte Zeiten, doch dies war für sie noch lange kein Grund das Handtuch zu werfen. Sonja hatte eine neue Aufgabe, ihren Mann vor sich selbst zu schützen, und wenn es sein musste auch gegen seinen Willen. Mit eisernem Willen und unerschütterlicher Zähigkeit begann sie sich dieser Aufgabe zu widmen. Deshalb dezimierte sie auch ihre Anwesenheitsstunden in der Firma.

* * *

Josef und Nastasja standen vor dem großen Tor, als sich plötzlich eine kleine Türe neben dem Tor öffnete, die sie bisher nicht bemerkt hatten, da sie übergangslos in die Mauer eingepasst war. Ein großer, breiter Mann in einer dunklen Uniform trat davor. Nastasja dachte, dass es sich wohl um den Portier handeln musste. Suchend sah sie sich um. Woher wusste er, dass sie da waren?
Nirgendwo war eine Kamera zu sehen, doch es musste eine da sein. Anders konnte sie es sich nicht erklären.

„Guten Tag!", sagte der Portier in einem breiten Bariton. „Was wünschen Sie?" „Wir möchten einen ihrer Patienten besuchen", antwortete Josef rasch. „Sind Sie Verwandte?", fragte der Portier. „Nein, das nicht, sondern gute Freunde", gab Josef unumwunden zu. „Stehen Sie auf der Besucherliste?", fragte der Portier unbeirrt weiter. „Ich denke nicht, aber sie können doch sicher Rücksprache halten und ihn fragen ob er uns sehen will", mischte sich nun Nastasja ins Gespräch. „Wenn Sie mir freundlicher Weise Ihre Namen nennen würden und den Namen des Gastes, dann werde ich sehen, was ich tun kann", erklärte der Portier. „Mein Name ist Nastasja Nebel und mein Begleiter heißt Josef ...", da erst merkte Nastasja, dass sie nicht einmal seinen Nachnamen kannte. „Josef Klein", ergänzte Josef, der sich nun wieder ganz weltmännisch gebärdete, was aber den Portier wenig zu imponieren schien. Ernsthaft musterte er die beiden, bevor er sich bedächtig umwandte und durch die Türe, durch die er gekommen war, wieder verschwand.

War da nicht ein Augenpaar, das durch die Zweige spähte? Nastasja versuchte sich zu konzentrieren, zwischen den Ästen etwas zu erkennen, doch da trat der Portier schon wieder vor die Türe. „Einen Gast dieses Namens beherbergen wir nicht", ließ er kurz verlautbaren, schlug die Haken laut hörbar zusammen, und schon war er wieder verschwunden. „Hören Sie doch!", versuchte Josef den Portier dazu zu bewegen nochmals umzukehren, doch dieser war nicht gewillt ihm Gehör zu schenken. „Das darf doch nicht wahr sein, uns so einfach stehen zu lassen!", schimpfte Josef wenig vornehm vor sich hin. „Hast Du eigentlich etwas anderes erwartet?", sagte Nastasja leichthin, ohne wirklich eine Antwort zu erwarten, denn da war etwas anderes, was ihre Aufmerksamkeit fesselte. Sie ging auf die Stelle zu, an der sie meinte das Augenpaar gesehen zu haben, und sie hatte sich tatsächlich nicht getäuscht.

„Geri", sagte sie leise und der weiße, große Wolf ging auf sie zu. Nastasja setzte sich in die Wiese und der Wolf bettete seinen Kopf in ihren Schoß. „Du bist immer bei mir", sagte sie sanft, während sie ihn hinter den Ohren kraulte, was er ruhig geschehen ließ. Beinahe andächtig wirkte er. „Aber das ist ja ein Wolf?", hörte sie eine verängstigt klingende Stimme hinter sich. „Ja, das ist ein Wolf, aber jetzt mach nicht so ein Geschrei, oder willst Du ihn erschrecken. Geri kann Lärm gar nicht leiden. Das macht ihn nervös", erklärte Nastasja lächelnd, denn es tat ihr gut, dass Geri wieder da war. Er war ihr Fels in der Brandung, ihr Ruhepol. Plötzlich schien alles weniger schwer. Sie brauchte nichts weiter zu tun als auf ihn zu hören, denn seine Instinkte leiteten ihn nie fehl.

„Du kennst dieses Monster?", hörte sie Josefs immer noch verängstigte Stimme, zumindest sehr viel gedämpfter. „Das ist kein Monster. Wenn es auf dieser Welt Wesen gibt die Monster sind, dann sind es die Menschen. Niemand sonst mordet aus Geldgier oder einfach zum Spaß. Er ist mein Freund, denn er stand mir immer bei, ohne ein einziges Wort, ohne Forderung", sagte Nastasja und ihre Stimme klang weich und warm, denn in ihr lag all diese Zuneigung zu diesem Wesen, das doch so verschieden war zu ihr, ohne dass darin ein Grund lag eine Trennwand gegeneinander aufzubauen.

Ganz im Gegenteil. Die Annäherung war ein behutsame, bedacht auf das jeweilige Anders-sein des Anderen. Geri hatte wohl gewartet bis sich Josef beruhigt hatte, denn erst dann erhob er sich und entfernte sich ein paar Schritte von ihnen, um dann wiederum stehen zu bleiben. Erwartungsvoll sah er zu Nastasja hinüber. „Ich denke, er will, dass ich ihm folge", sagte Nastasja kurz und ging auf ihn zu, und wirklich, Geri setzte sich langsam in Bewegung, so dass Nastasja ihm folgen konnte. „Verflucht, was soll das denn wieder!", hörte sie Josef hinter sich stöhnen, immer noch leise, doch deshalb nicht weniger gequält. „Ich denke, er weiß einen Weg um hinter die Mauer zu gelangen", meinte Nastasja, woraufhin sie hörte wie Josef ihnen eilfertig folgte, peinlichst darauf bedacht nicht den Anschluss zu verlieren. Offenbar war er es nicht gewohnt im Wald spazieren zu gehen so oft wie Nastasja ihn stolpern und fluchen hörte.

* * *

„Jetzt ist sie gerade mal ein paar Tage verheiratet, und schon spielt sie die feine Dame und hört auf zu arbeiten", begannen die Stimmen hinter ihrem Rücken zu tuscheln. „Hat es wohl nicht mehr notwendig, jetzt wo sie sich einen Mann mit Geld geangelt hat", meinten die anderen, und wieder andere waren überzeugt davon, dass „die gnä Frau nun ans Geldausgeben ging." Sonja wusste genau was die Leute so redeten, aber sie bekümmerte sich nicht darum, denn ihre Sorge galt nicht ihr, sondern ausschließlich Nathanael. Es war auch nicht ihre Art sich bei diversen Kaffeekränzchen über ihre Sorgen zu verbreitern, sondern behielt diese für sich, so dass niemand darüber Bescheid wusste.

Zunächst einmal wollte sie mehr über den Mann wissen, mit dem sie verheiratet war. Als erstes gedachte sie seinem ehemaligen Sekretär, Heinrich Marschall, einen Besuch abzustatten, denn niemand hatte in den letzten Jahren so viel Zeit mit ihm verbracht wie er, niemand war ihm quasi so nahe gestanden und hatte wohl auch zwangsläufig vieles miterlebt, was anderen verborgen blieb. Es war gar nicht so leicht ihn ausfindig zu machen. Natürlich hatte sie zu aller erst die Personalakte zu Rate gezogen, doch da fand sich nichts mehr. Es war als wäre er daraus gelöscht worden. Als sie nachfragte erfuhr sie, dass Nathanael es war, der sämtliche Daten über ihn gelöscht hatte, denn er fühlte sich zutiefst verletzt, als ihm ausgerichtet wurde, dass sein engster Mitarbeiter aus dem Unternehmen ausgeschieden war, und das auch noch ohne sich zu verabschieden.

„Herr Keller kam an diesen Morgen ins Büro", erfuhr Sonja von einer freundlichen, untersetzten Frau aus der Personalabteilung, die wohl sehr gerne bereit war Informationen, über die sie verfügte, mit anderen zu teilen, „Kreidebleich war er, sage ich Ihnen, wie der leibhaftige Tod. Richtig erschrocken waren wir, alle, die wir hier sitzen, das kann ich Ihnen sagen. Sofort bot ich Herrn Keller meinen Stuhl an, denn wissen Sie, hier gibt es nur die Stühle, die wir für unsere Arbeit benutzen. Zu uns kommt ja auch niemand auf Besuch, und wenn dann immer nur so kurz, dass sich niedersetzen gar nicht lohnt. Wir sind quasi eine unsichtbare Abteilung in dieser Firma. Immer nur, wenn ein Rechenfehler auftaucht bei der Abrechnung oder so etwas, dann erinnern sich die Leute an uns. Aber es macht ja nichts. Nein, das macht uns ganz und gar nichts aus, denn wir sind es ja schließlich gewohnt. Wissen Sie? Aber ja, zu diesem Morgen. Also, ich biete Herrn Keller meinen Stuhl an und er setzt sich. Dann gebe ich der Kleinen, Sie wissen schon, unserem Lehrmädchen einen Wink. Ein braves, folgsames Kind. Nicht so wie manche andere in ihrem Alter. Die haben doch jetzt überall Löcher. Nicht bloß Ohrlöcher wie man es gewohnt ist. Nicht? Nein, auch in der Nase und in der Lippe, und wie ich hörte auch in der Zunge, manche, und dann auch noch so große, wo man richtig durchschauen kann. Schrecklich, einfach schrecklich. Finden Sie nicht auch? Aber sie, unser Mädchen – wir haben sie ja gleich am ersten Tag ins Herz geschlossen, die Kleine, bemuttern sie richtig. Aber wir sind auch streng. Sie brauchen nicht zu glauben, dass sie weniger arbeitet. Nein, sie ist das fleißigste Lehrmädchen, das wir je hatten. Unsere kleine Christine, ja, und sie versteht den Wink, läuft hinaus auf den Gang. Wir haben ja kein fließendes Wasser im Zimmer. Das ist manchmal recht mühsam, weil wir doch

so viele Blumen im Büro haben. Und das Wasser müssen wir immer von draußen holen. Nicht, dass ich damit sagen will, dass wir verlangen würden, dass wir einen Wasseranschluss im Büro bekommen. Aber nein.
Blumen machen doch alles so freundlich. Finden Sie nicht auch? Und wo es freundlicher wirkt, da arbeitet man auch gleich viel lieber. Ja, ja, die Blumen, und sie gedeihen auch so gut bei uns. Wir erfreuen uns an ihnen und sie sich quasi an uns. Kleiner Scherz. Aber was wollten Sie wissen? Ach ja, die Daten von Heinrich Marschall. Also Ihr Mann, der Herr Keller, saß auf meinem Stuhl, bleich wie der Tod und zusammengesackt wie ein Häufchen Elend. Säckchen Elend. Wie sagt man? Na egal. Sie können es sich vorstellen. Dann trinkt er einen Schluck von dem Wasser, das ihm die Christine gebracht hat, und dann fordert er Kaffee. Auch dieser wird ihm sofort gebracht. Immer noch sitzt er so da. Die Christine hat ihm auch den Kaffee gebracht. Also, wenn Sie einmal jemanden brauchen sollten, der für Sie irgendwelche Wege erledigt, die Christine ist die richtige. Sie ist flink und gewissenhaft und auch sehr verschwiegen. Jedenfalls, er trinkt den Kaffee. Von uns hat sich keine ein Wort zu sagen getraut. Also ich kann Ihnen versichern, so leise war es in diesem Büro noch nie. Man hätte eine Stricknadel fallen hören. Aber bei uns strickt ja keine. Deshalb war auch keine Stricknadel da, die man hätte fallen hören können. Aber ich meine ja nur, wenn eine dagewesen wäre und sie wäre zufällig genau in diesem Moment hinuntergefallen, man hätte es

gehört, und das nicht nur bei einer normalen
Stricknadel, sondern auch bei einer Rundstricknadel. Die
sind ja vor allem aus Plastik und noch viel mehr lautloser
als normale Stricknadeln, und trotzdem, auch die hätte
man gehört, wenn sie dagewesen und gefallen wäre. Das
nur damit Sie nachvollziehen können wie leise es hier
herinnen war. Das passiert sonst nie. Wir fragten uns
wahrscheinlich alle, was als nächstes passieren würde.
Doch dann riss ich mich zusammen. Schließlich bin ich
nicht nur die Älteste in diesem Büro, sondern auch
diejenige, die am längsten in der Firma gearbeitet hat.
Acht Jahre werden es heuer. Also abgesehen von Herrn
Marschall. Ich war von Anfang an dabei. Ich bin quasi ein
Urgestein, so wie der Heinrich Marschall. Und dann kam
es plötzlich über ihn, ich meine den Herrn Keller, nicht
den Herrn Marschall, der war ja gar nicht mehr da, war
in vorzeitigen Ruhestand gegangen, wegen
gesundheitlicher Probleme, wurde uns ausgerichtet.
Bitte, ich für meinen Teil, glaube ihm das, weil ich ihn ja
doch schon so lange kannte, und der keiner von denen
war, die einfach so mir nichts Dir nichts alles stehen und
liegen lassen, und schon gar nicht jemanden im Stich
lassen. Aber es war halt das Herz, das war schon
ziemlich angeschlagen, und Sie kennen ja Ihren Mann,
immer auf Hochtouren, das hält ein krankes Herz auf die
Dauer nicht aus. Das muss man doch verstehen. Na, und
da fährt er auf einmal auf, und sagt so Sachen, bitte
wortwörtlich weiß ich es ja nicht mehr, aber so in etwa
wie, dass er ihn im Stich gelassen hätte, und das gerade

jetzt, und dass er ihn verlassen hätte und er jetzt nicht wüsste was er tun sollte. Herr Keller meinte damit Herrn Marschall, und dann löschte er sämtliche Daten, die er fand, auch vieles, wo einfach nur sein Name drinnen stand. Mit Computern kennt er sich ja super gut aus, der Herr Gemahl, viel besser, als wir da. Wir machen halt unsere Arbeit, und dann ging er wieder." Hier endete der Redeschwall der guten Frau, und Sonja atmete erleichtert auf.

„Das heißt, wir haben keine Adresse mehr von ihm?", sagte Sonja seufzend, die sich ein wenig ärgerte, dass sie das alles mitanhören musste, bloß um zu erfahren, dass es eigentlich nichts zu erfahren gab. „Warum sollten wir seine Adresse nicht wissen? Sie wissen sie doch auch", sagte die hilfsbereite, beredte Dame, die sich Lischen Kronbichler nannte, wie Sonja anhand eines kleinen Täfelchens auf deren Schreibtisch erfuhr. „Woher sollte ich die wissen?", fragte Sonja stirnrunzelnd, als hätte sie etwas vergessen. „Die von Herrn Keller? Na weil sie auch da wohnen", entgegnete Lischen Kronbichler. „Ich meinte doch die von Herrn Marschall", sagte Sonja nun doch schon ein wenig ungeduldig. „Aber das weiß ich doch", meinte Lischen Kronbichler lachend, „Kleiner Scherz, aber im Ernst. Herr Keller hat doch nur die Daten im Computer gelöscht. Wir haben das doch auch alles in den Akten." Damit erhob sich das Lischen, das alle Attribute einer alten Jungfrau an sich trug, bis hin zu den Strickstrümpfen, und stakste auf ihren kurzen, prallen

Beinen ins Nebenzimmer. Wenige Augenblicke später erschien sie wieder, einen dicken Akt unter dem Arm tragend. Ächzend nahm sie wieder auf ihrem Stuhl Platz und schlug den Akt auf. „Die Adresse ...", murmelte sie vor sich hin, „Nun, mal sehen ..." „Warum überlassen Sie mir nicht den ganzen Akt", unterbrach Sonja Lischen Kronbichlers Suchaktion und streckte erwartungsvoll die Hand aus. „Aber ich dachte, sie möchten nur die Adresse wissen?", entgegnete Lischen Kronbichler, nun sichtlich nervös, „Ich weiß nicht so recht, ob ich das darf."

Lischen Kronbichler befand sich eindeutig in einem Gewissenskonflikt, und das war eine ungewohnte Situation für sie. Nervös rutschte sie auf ihrem Stuhl hin und her. Blickte erst den Akt an, dann Sonja, dann wieder den Akt. Einerseits wusste sie, dass sie einer Bitte der Frau ihres Chefs Folge leisten musste, die ja dadurch quasi zu ihrer Chefin geworden war. Andererseits dachte sie mit Schaudern an den Wutanfall ihres Chefs zurück. „Wissen Sie was, ich nehme Ihnen diese Entscheidung einfach ab", sagte Sonja kurz und entwand den Akt den dicken Wurstfingern. Dann wandte sie sich zum Gehen, doch kurz bevor sie die Türe erreichte, kam ihr etwas anderes in den Sinn. „Vielleicht gab es ja auch einen Akt über ihren Mann", dachte Sonja, und betrat den Raum, aus dem kurz zuvor Lischen Kronbichler den Akt von Heinrich Marschall geholt hatte, und nachdem sie sich orientiert hatte, was nicht schwer war, da hier alles peinlichst genau sortiert und katalogisiert war, wurde sie tatsächlich fündig. „Nathanael Keller" stand auf einem Akt, doch sie fand noch mehr, viel mehr Akte, die zumindest den Nachnamen Keller trugen. Einem Impuls folgend nahm sie sämtliche Akte an sich, auf denen dieser Name verzeichnet war und verließ mit einem kurzen Gruß das Büro. Aus dem Augenwinkel sah sie noch, dass Lischen Kronbichler den Hörer auflegte. Irgendetwas sagte Sonja, dass sie sich beeilen musste. Doch wo sollte sie mit den Akten hin? Da kam ihr der rettende Ausweg in den Sinn. Sie ging ins Kopierzimmer, öffnete eine Schublade mit dem Papiervorrat, nahm ihn heraus und legte stattdessen den Inhalt sämtlicher Akten in den Vorratsbehälter, um diesen dann mit leeren Blättern aufzufüllen. Die übrigen leeren Blätter steckte sie in die Akten. Sorgfältig schloss sie die Papiervorratslade wieder und verließ das Kopierzimmer, wie sich herausstellen sollte, keine Minute zu früh, denn am Gang stieß sie mit ihrem Mann zusammen.

Nathanaels grimmiger Blick verriet ihr, dass er bereits vollinhaltlich informiert worden war. „Sonja, gib sofort die Akten wieder zurück!", forderte Nathanael seine Frau unmissverständlich auf. „Weil sonst, was sonst?", fragte sie herausfordernd. „Sonst muss ich sie Dir abnehmen lassen und Dich der Firma verweisen, denn hierbei handelt es sich um geheime Dokumente", entgegnete Nathanael mit aller Eindeutigkeit. „Schon gut, schon gut, ich bringe sie ja schon zurück", beschwichtigte Sonja, und brachte die Akten tatsächlich höchsteigenhändig zurück. Woraufhin Nathanael zu seiner Arbeit zurückkehrte, sich also weder um die Akten noch um Sonja weiter bekümmerte. Sonja nutzte die Gelegenheit und steckte den Inhalt der Akten, den sie versteckt hatte, in den Kopierer und ließ sie durchlaufen. Danach packte sie die Kopien in ihre Aktentasche und die Originale legte sie auf Lischen Kronbichlers Schreibtisch. „Viel Spaß beim Einsortieren!", sagte sie leichthin, „Das war doch ein Spaß." Lischen Kronbichler konnte nicht wirklich darüber lachen.

* * *

Geri, Nastasja und Josef gingen die Mauer entlang, die kaum zu erkennen war, auch wenn sie nicht aus Glas bestand, so war sie doch derart bemalt, das sie sich optimal in den Wald integrierte. Nastasja dachte daran, wie die Insassen der Anstalt im Areal flanierten und das eine oder andere Mal die Mauer nicht sahen und dagegen liefen. Allerdings hatte ihr Konzept einen Haken. Im Winter, wenn rundherum alles braun und weiß war, musste die Mauer doch weithin sichtbar sein, bis sie erkannte, dass es sich um einen Nadelwald handelte.

Immer noch folgten sie Geri, der gemächlich, aber nichts desto trotz zielstrebig die Mauer entlang schlenderte, als würde er wirklich genau wissen wohin er wollte. Aber was hatten sie auch für eine andere Möglichkeit? Auf eigene Faust diese Mauer auf einen Durchlass oder etwas Ähnliches überprüfen? Das schien ihr beinahe unmöglich, denn das Areal war wirklich riesig. Es musste sich schon um einen unglaublichen Glückstreffer handeln, sollten sie hier etwas finden. „Sind wir bald da?", hörte Nastasja Josef hinter sich lamentieren. „Ich habe keine Ahnung", entgegnete Nastasja wahrheitsgemäß. „Wer weiß wo das Vieh uns hinführt", meckerte Josef weiter, „Vielleicht hat es einen Knochen gefunden und will ihn mit uns teilen." „Wenn dann teilt er ihn nur mit mir, denn ich gehöre zu seinem Rudel, Du nicht", antwortete Nastasja gelassen. „Also mich würde er verhungern lassen?", fragte Josef erbost. „Ja, schon allein deshalb, weil Du ihn Vieh und Monster nennst", entgegnete Nastasja schnippisch, „Doch es ist auch nicht anders als bei den Menschen. Die denken auch nur an die eigenen Angehörigen, wenn sie nicht überhaupt nur an sich selbst denken, im Kampf um knappe Ressourcen, wie uns immer eingeredet wird. Dabei sind in unserer Welt die Ressourcen nicht nur nicht knapp, sie sind sogar im Überfluss vorhanden. Deshalb wird manches knapp gehalten, künstlich, und wir fallen auf die Tricks auch noch herein, ja selbst die, die darum wissen." „Aber die Zugänge zu diesem Areal gehören auf jeden Fall zu den knappen Gütern", sagte Josef.

„Das stimmt, allerdings auch nur künstlich, denn wir brauchen den Zugang nicht unbedingt", wendete Nastasja ein. „Doch, wir brauchen ihn, wir wollen Nathanael retten", erinnerte Josef Nastasja an ihr gemeinsames Vorhaben. „Aber was, wenn alles ganz anders ist, und er da drinnen gerettet ist, wenn wir ihm durch unsere sogenannte Rettung mehr schaden als nutzen?", brachte Nastasja ihre Bedenken abermals zum Ausdruck. „Dem ist aber nicht so", entschied Josef, „Wir werden ihn aus der Gefangenschaft retten!" „Vorausgesetzt, wir finden einen Zugang, marschieren wir dann einfach rein, schnappen uns Nathanael und spazieren wieder raus ohne, dass es jemandem auffällt?", fragte Nastasja spöttisch. „Das müssen wir vor Ort beurteilen", entgegnete Josef, „Schließlich sind wir mit den Gegebenheiten vor Ort nicht vertraut." „Genau das meine ich ja. Wie sollen wir ihn auf diesem riesigen Gelände überhaupt finden?", gab Nastasja zu bedenken, doch es war nicht mehr notwendig, dass Josef über eine Antwort nachdachte, denn Geri war stehengeblieben und setzte sich vor die Mauer. Zunächst war nichts zu erkennen. Das Stück Mauer, vor dem Geri saß, sah genau so aus wie der Rest. Da war keine offene Stelle, kein Abschnitt, wo die Ziegel eingeschlagen waren, sondern einfach nur stabile Mauer. „Toller Einfall ihm zu folgen", resümierte Josef, als er die Lage überblickte. Geri sah Nastasja erwartungsvoll an, Josef gänzlich ignorierend. Doch Nastasja war sich sicher, dass da irgendetwas sein musste, denn sonst hätte Geri sie nicht hergebracht. Sie stellte sich dicht neben ihn und streichelte ihn sanft. „Gut hast Du das gemacht", flüsterte sie, kaum hörbar, während sie die Mauer mit den Augen absuchte, dieses eine, kleine Stück Mauer. „Was ist jetzt? ich will nicht hier im Wald versauern und eine Wand anstarren", lamentierte Josef, doch Nastasja trat plötzlich vor und tastete die Mauer ab, fand eine Vertiefung, griff hinein und eine Tür, die bis jetzt nicht sichtbar war, öffnete sich. Josef war sprachlos vor Staunen. Sie hatten es tatsächlich geschafft einen Einlass zu finden.

* * *

Sonja hatte also die Informationen, die sie wollte und beeilte sich das Gebäude zu verlassen, denn sie war sich nicht sicher ob sie nicht doch noch aufgehalten werden würde. Hinter jeder Ecke, die sie passieren musste, befürchtete sie ihren Mann zu finden, lauernd, sie abpassend, flankiert von einer der Sicherheitskräfte, die ihn unterstützen mussten, falls Sonja sich wehrte, gegen die Leibesvisitation, gegen das Durchsuchen ihrer Unterlagen, doch sie gelangte unbehelligt bis zum Eingang, lief hinaus, wobei sie Acht gab nicht zu schnell zu laufen, um kein Aufsehen zu erregen. Endlich hatte sie ihren Wagen erreicht. Den Aktenkoffer stellte sie am Beifahrersitz ab und fuhr davon. Erst als sie außer Sichtweite war, blieb sie stehen und überflog kurz die Unterlagen, die sie kopiert hatte. Seltsam erschien es ihr schon, da waren zehn verschiedene Personen mit dem

Nachnamen Keller angeführt, doch das musste warten, jetzt brauchte sie die Adresse von Heinrich Marschall. Da war schon die richtige Seite. Seltsam fand sie auch, das all diese Akten mit der Hand geschrieben waren, mit einer Handschrift, die ihr bekannt vorkam, doch woher? Alle Daten waren fein säuberlich aufgeführt, der Name, das Geburtsdatum, der Familienstand, die Konfessionszugehörigkeit, die Sozialversicherungsnummer und die Adresse. Darüber hinaus fanden sich aber auch noch die Daten der Eltern, deren Wohnort und Geburtsdatum, ja sogar der Mädchenname der Mutter. Solch eine Akribie war wirklich erstaunlich.

Sonja stellte fest, dass die ursprüngliche Adresse durchgestrichen und durch eine andere ersetzt worden war. Heinrich Marschall war demnach in einen der zahlreichen Vororte gezogen. Ohne sich weiters zu bedenken startete Sonja abermals den Motor und fuhr zu der angegebenen Adresse. Dort befand sich ein großes, ausladendes Gebäude, flankiert von einem hübschen Garten voller Rosen. „Gartensiedlung", las sie auf dem Schild vor dem Haus, und weiter „Pflegeheim der Stadt". Heinrich Marschall war also tatsächlich krank geworden, sehr krank sogar. Was sie wohl erwarten würde?

Sonja verließ das Auto und klingelte an der Tür. Eine große, herrisch wirkende Dame öffnete ihr. Sie trug ein schlichtes schwarzes Kleid, das ihr bis zu den Knöcheln reichte. Es war hochgeschlossen, und das dunkle, von silbernen Strähnen durchzogene Haar, hatte sie zu einem Knoten aufgesteckt. „Guten Tag!", sagte die Dame, während sie Sonja mit ihren dunklen, leblosen Augen eingehend musterte, „Mit wem habe ich das Vergnügen?" „Mein Name ist Sonja Keller, und ich würde gerne mit Heinrich Marschall sprechen", antwortete Sonja unumwunden. „Sind Sie eine Angehörige? Ich könnte mich nicht erinnern, dass Sie ihn schon einmal besucht hätten", entgegnende die Dame. „Nein, ich bin keine Angehörige", gab Sonja wahrheitsgemäß an, „Ich bin die Frau seines ehemaligen Chefs. Es erschien mir seltsam, dass ein solch integrer Mann einfach kündigt und das nicht einmal persönlich, sondern telefonisch. Deshalb wollte ich mit ihm sprechen. Ich war mir sicher, dass irgendetwas Schlimmes passiert sein musste, denn sonst hätte er diese Vorgehensweise nicht gewählt. Deshalb bin ich gekommen, um ihn quasi zu rehabilitieren." „Reichlich spät fällt Ihnen das ein, finden Sie nicht auch?", meinte die Dame abschätzig, „Aber nun gut. Sie werden sich selbst überzeugen können, dass er einen guten Grund hatte nicht persönlich zu erscheinen um zu kündigen, nur ich fürchte sprechen, werden Sie nicht mit ihm können. Wenn Sie mir bitte folgen wollen." Damit schritt die Dame Sonja voran, etliche Korridore entlang. Sonja warf im Vorbeigehen einen Blick in den Park.

Die Sonne schien sanft und spiegelte sich im Wasser des kleinen Teichs, der in der Mitte des Parks lag, zu dem alle Wege führten. Er schien so etwas wie das Herzstück zu bilden. Vier Wege liefen darauf zu, jeweils im 90 Grad Winkel zueinander angelegt. Der Park wirkte wie auf dem Reißbrett gezeichnet, von jemandem, der pedantisch auf Symmetrie bedacht war. Dazwischen lagen etliche Rosenbeete, ebenfalls streng symmetrisch. Nur die Rosen selbst hielten sich nicht daran. Jeder einzelne Rosenstrauch wuchs wie es ihm gefiel, mancher eher nach oben, andere wiederum in die Breite. Wenn man das Gebäude verließ und den geraden Weg einschlug, musste man durch einen Rosenbogen hindurch. Dieser war zu beiden Seiten von etlichen weiteren solcher Bögen flankiert, wobei unter jedem eine Bank stand. Vereinzelt bewegten sich Menschen durch den Park, manche mit Gehhilfe, andere im Rollstuhl. Da war etwas, was Sonja merkwürdig erschien, doch im ersten Moment konnte sie nicht benennen was es war, doch dann erkannte sie es.

Diese alten Leute, die ganz offensichtlich ihren Lebensabend in dieser Anstalt verbrachten, sie gingen ihrer Wege durch den Park, der so perfekt und symmetrisch war, begegneten einander, und wichen aus, so weit wie möglich, doch sie sprachen nicht miteinander. Ihre Wege kreuzten sich, was auch gar nicht zu vermeiden war, doch niemand hielt an um den anderen in ein Gespräch zu ziehen. War die letzte Station des Lebens wiederum nur Sprachlosigkeit? War es das, was auch sie zu erwarten hatte, das Absinken in sich selbst und die eigene Befindlichkeit, ohne dafür Worte zu finden? Würde auch für sie der Tag kommen, da sie nichts weiter mehr zu tun hatte, als morgens, mittags und abends zu essen, dazwischen ein wenig spazieren zu gehen oder gegangen zu werden und am Abend gewaschen und ins Bett gebracht zu werden? Konnte das denn schon alles gewesen sein?

Die Dame öffnete die Türe zu einem Zimmer, in welchem zwei Betten standen. Ganz nahe ans Fenster gerückt saß ein Mann im Rollstuhl. Unverwandt sah er in den Garten hinaus, während seine Hände schlaff herabhingen. Ab und an stieß er einen unartikulierten Laut aus. „Herr Marschall?", versuchte Sonja ihn anzusprechen, doch er reagierte nicht, sah nicht einmal auf. Starr blieb sein Blick zum Garten gewandt. „Verstehen Sie nun warum er nicht persönlich vorstellig wurde um zu kündigen?", fragte die Dame kalt, „Seit er hier ist hat er kein Wort gesprochen. Am Tag bevor er kündigte hatte er einen Schlaganfall, der ihn seiner Sprache, seiner Fähigkeit zu Gehen und offenbar auch seines Willens beraubte. Wenn Sie mich nun entschuldigen wollen. Ich muss mich um meine Patienten kümmern."

Unmissverständlich war diese Aufforderung zu gehen, und Sonja befolgte sie, denn sie verstand, dass sie hier wohl nichts weiter in Erfahrung bringen würde. Sie musste sich an die Unterlagen halten. Vielleicht waren diese ergiebiger. Deshalb fuhr sie nach Hause und schloss sich in ihrem Zimmer ein.

* * *

Offenbar hatte irgendwer diese Türe einmal geöffnet und nicht mehr verschlossen. Seitdem musste sie wohl offen stehen. Nastasja wunderte sich nur, dass sie sich so leicht öffnen ließ. Da war kein Knarren zu vernehmen, als wäre sie frisch geölt worden. „Das wirkt als wäre es eine Falle", meinte Nastasja sinnend. „Ach was, so ein Unsinn", sagte Josef lapidar, „Aber bitte, wenn Du es nicht wagst, dann gehe ich eben alleine. Ich werde Nathanael retten, notfalls auch dann, wenn ich nur auf mich gestellt bin." Nastasja zögerte, doch letztendlich folgte sie Josef. Was sollte denn schon passieren? Es konnte ja niemand wissen, dass sie hier waren. Oder doch? Geri blieb im Wald zurück. Ein fremder Mensch am Tag, das genügte. Sie waren ihm nicht geheuer, diese Wesen auf zwei Füßen, und wenn man an das Schicksal seines Rudels dachte, wohl nicht zu Unrecht.

Vorsichtig sahen sie sich um. Direkt neben ihnen steckte ein kleines Fähnchen im Boden. Ganz offensichtlich standen sie am Rande eines Golfplatzes. Nastasja hatte ja bereits erfahren, dass das Areal groß war, hätte sich aber niemals gedacht, dass es so groß wäre, dass ein ganzer Golfplatz darin Platz fand. Sie gingen einen hübschen Weg entlang. Niemand war zu sehen. Völlig verlassen wirkte alles. Ein leichter Wind wirbelte die Blätter auf. Ein wunderschönes Farbenspiel aus gelb und rot und grün bot sich ihren Augen. Josef hatte keinen Blick dafür, nur Nastasja war es gewohnt genau hinzusehen. So erkannte sie auch sofort, dass hier erst vor kurzem jemand gegangen sein musste. „Natürlich, der Golfplatz wird ja schließlich benutzt", entgegnete Josef ob ihres Hinweises. „Ja, aber warum führt dann die Spur zur Türe und bleibt nicht am Golfplatz?", fragte Nastasja. „Ein Anfänger womöglich, der den Ball verschlagen hat", erwiderte Josef achselzuckend. Nastasja bemerkte, dass er unachtsam war, denn es drängte ihn vorwärts.

Rund um den Golfplatz gruppiert waren kleine Bungalows. Eigentlich wirkte es mehr wie eine All-inclusive-Ferienanlage und nicht wie ein Krankenhaus. Unbemerkt konnten sie diese passieren, als sie endlich das Hauptgebäude erreichten. Es war ein großer, vierflügeliger Bau. Die Mitte bildete ein Rondeau, von dem vier Arme abzweigten, gleich einem verstümmelten Kraken. Weiß und kalt breitete sich das Gebäude vor ihnen aus. Wo sich bloß alle aufhielten? Sie erreichten eine Türe und Josef öffnete sie vorsichtig, doch bereits im nächsten Moment sah Nastasja eine Hand, die ihn packte und in das Innere des Gebäudes zog. Josef fasste nach Nastasja, als wollte er sich irgendwo festhalten, sie festhalten, doch er bekam nur den Schal zu fassen, der Nathanael gehört hatte und den sie noch immer trug, und riss ihn von ihrem Hals. Nastasja hatte gerade noch erkennen können, , dass der Mensch, zu dem diese Hand gehörte, eine Uniform trug.

„Polizei!", schoss es Nastasja durch den Kopf, und diesmal folgte sie ihren Instinkten und rannte so schnell wie sie konnte zurück zur Mauer, erreichte die Türe und verbarrikadierte sie hinter so gut sie es in der Eile vermochte mit Steinen und herumliegenden Holzstücken. Keine Sekunde zu früh, denn von der anderen Seite der Mauer wurde bereits an der Türe gerissen. Während sie zum Wagen lief, ärgerte sie sich, dass sie auf eine eigentlich plumpe Falle hereinfallen hatte können. Die Türe wurde aufgebrochen. Nastasja hatte noch gut hundert Meter zu bewältigen, bevor sie das Auto erreicht haben würde. Sie war sich nicht sicher ob sie das schaffen würde. Doch seltsam, hinter ihr war kein Laut zu vernehmen, nicht das Knacken von Ästen oder das Rascheln von Blättern, wie es eigentlich sein müsste, wenn man verfolgt wurde. Stattdessen hob ein Knurren und Heulen an. „Geri, es musste Geri sein", dachte Nastasja, „Bitte gib auf Dich acht. Die Männer sind sicher mit Pistolen bewaffnet."

Da hatte sie das Auto erreicht. Zum Glück steckte der Schlüssel. Nastasja schob zurück auf den Hauptweg und brauste, so schnell es ging den Weg zurück, den sie gekommen waren. Bald schon musste sie erkennen, dass dieses so schnell es ging nicht schnell genug war. Da hörte sie bereits Motoren hinter sich. In wenigen

Sekunden würden sie sie eingeholt haben. Natürlich musste sie nicht fliehen, denn sie hatte sich nichts vorzuwerfen, aber sie hatte etwas zu erledigen, etwas, das keinen Aufschub duldete. Nastasja wollte endlich die Wahrheit wissen, die ganze Wahrheit, und die konnte sie nur von einem Menschen erfahren. Krampfhaft überlegte sie wie sie den Schergen der Polizei entkommen könnte.

6. Wo wir uns verlieren

Josef stand, die Hände mit Handschellen an den Rücken gefesselt, an die Wand gepresst und japste nach Luft. „Hat die sich jetzt tatsächlich einfach aus dem Staub gemacht", dachte Josef zunächst, doch dann fiel ihm ein, dass es doch niemandem etwas gebracht hätte, wenn sie beide verhaftet worden wären, wenn sie die Gelegenheit zu fliehen nicht genutzt hätte. Vielleicht war Nathanael tatsächlich nicht hier. Sonja hatte einen Köder ausgelegt und er hatte ihn bereitwillig geschluckt. Nein, nicht einfach nur geschluckt, auf ihn gestürzt hatte er sich. Sie wollte ihm glauben machen, dass Nathanael hier wäre, und Josef hatte es geglaubt. Wie dumm er doch gewesen war, wie fürchterlich dumm.

„Josef Klein, ich verhafte Sie wegen der Entführung von Nathanael Keller. Sie haben das Recht zu schweigen. Alles was Sie sagen, kann und wird vor Gericht gegen Sie verwendet werden Sie haben das Recht, zu jeder Vernehmung einen Verteidiger heranzuziehen. Wenn Sie sich keinen Verteidiger leisten können, wird Ihnen einer gestellt", wurden Josef seine Rechte verlesen. Der Herr hatte wohl ein paar amerikanische Kriminalfilme zu viel gesehen. Josef hörte jedoch nicht weiter zu. Seine Gedanken waren bei dem Satz hängen geblieben, dass er Nathanael entführt haben sollte. Welch wahnwitzige Idee! Niemals würde er Nathanael etwas zu leide tun, aber das konnten die Polizisten nicht wissen. Die waren doch auch nur Handlanger für jene Dame. Im Geiste sah er sich als einziger gegen das Unrecht auf dieser Welt kämpfend. „Es kann nur einen geben", schoss es ihm durch den Kopf, und das veranlasste ihn zu einem schmalen Lächeln, doch sein Gesicht war zur Wand gedreht, niemand konnte es sehen.

Doch wie kam die Polizei überhaupt auf die Idee, Nathanael könnte entführt worden sein? Was hatte sie dazu veranlasst so schnell einzugreifen? Wurde nicht normalerweise 48 Stunden gewartet bevor jemand als vermisst galt, ja als Entführungsopfer, außer es gab einen glaubwürdigen Hinweis darauf, dass er entführt wurde. Dennoch, selbst wenn es diesen Hinweis gäbe, ging das alles nicht viel zu schnell?

* * *

Nichts hatte Sonja erfahren, was ihr weiterhelfen konnte oder sie auf ihrem Weg zu dem angestrebten Ziel weitergebracht hätte, doch sie wusste nun zumindest Bescheid darüber warum Heinrich Marschall nicht mehr zum Dienst erschienen war. Dennoch wagte sie noch einen Versuch und fuhr an die Adresse, die durchgestrichen worden war. Sie fand ein kleines, nettes Vorstadthäuschen inmitten eines kleinen Gartens. Beides wirkte heruntergekommen und vernachlässigt, als wäre es schon vor geraumer Zeit verlassen worden. Am liebsten wäre sie wieder gefahren, denn es graute ihr ein wenig, aber sie riss sich zusammen und klopfte an. Was sie begonnen hatte, würde sie auch zu Ende führen. Niemand öffnete. Stattdessen hörte sie eine dünne Stimme von drinnen. „Kommen Sie herein, wer auch immer Sie sind."

Es war dunkel in dem Zimmer, das sie betrat, das einzige Zimmer im Erdgeschoss. Sämtliche Fenster waren verdunkelt. Der Raum wurde nur spärlich durch das Licht erhellt, das durch die Schlitze zwischen Vorhang und Fenster drang. Einige Zeit dauerte es bis sich Sonjas Augen an das Zwielicht gewöhnt hatten. Langsam begann sie Schemen wahrzunehmen. Mitten im Raum stand ein Schaukelstuhl, der, zwar langsam, aber unaufhörlich, hin und her wippte. Von daher kam das leichte Knarzen und Knacken, das ihr sofort beim Eintritt aufgefallen war.

Vorsichtig folgte Sonja dieser Aufforderung. „Haben Sie denn keine Angst, wenn Sie die Türe offen stehen haben und jeden hereinlassen?", fragte Sonja verwirrt. „Was sollte ich fürchten? Jeden Tag hoffe ich, dass jemand kommt und meinem Elend ein Ende bereitet. Jeden Tag hoffe ich, noch lange zu leben", antwortete die Dame im Schaukelstuhl. „Gibt es denn nur noch Verrückte, Verrückte und Kranke?", dachte Sonja. „Sind Sie denn gekommen meinem Elend ein Ende zu bereiten?", fragte die Dame weiter. „Eigentlich wollte ich etwas erfahren", antwortete Sonja kurz. „Und was glauben Sie hier erfahren zu können? Hier ist nur mehr das Warten auf den Tod", meinte die Dame, ohne auch nur einen Moment im Schaukeln innezuhalten.

„Mein Name ist Sonja Keller und ich bin die Frau von ...", begann Sonja, als ihr die Dame ins Wort fiel, den Satz für sie vollendete, „ ... von Nathanael Keller. Ich weiß. Sie sind also mit dem Mann verheiratet, der Heinrich so weit gebracht hat, dorthin, wo er heute ist." „Nun ja, das versuche ich herauszufinden", meinte Sonja stockend. „Ich gebe ihm keine Schuld. Heinrich hat es angenommen. Keine Schuld und kein Verzeihen. Vielleicht wäre es irgendwann sowieso so gekommen, aber diese Arbeit hat es, glaube ich, beschleunigt", erklärte die Dame. „Waren, sind Sie Frau Marschall?", fragte Sonja vorsichtig. „Ja, die bin ich. Seltsam, da sitzt einer im Rollstuhl und kann nicht reden und nicht gehen und schon meint man er ist tot. Obwohl es schon was für sich hat. Wahrscheinlich ist er dem Tod auch näher als dem Leben. Aber ich wollte sie nicht erschrecken. Was möchten Sie wissen?", fragte Frau Marschall. „Mein Mann ist, nun sagen wir mal, ein wenig anders geworden. Und ich wollte herausfinden woran es liegt. Nachdem Ihr Mann mit meinem Mann so lange so eng zusammengearbeitet hat, hatte ich die Hoffnung, dass er mir weiterhelfen könnte, aber das wird wohl nicht möglich sein", sagte Sonja, und ihre Stimme klang resignierend. „Heinrich ist nicht mein Mann, sondern mein Bruder, genauerhin, mein Zwillingsbruder. Wir wurden getrennt, als wir noch sehr jung waren, haben beide früh geheiratet und unsere Partner bald verloren. Dann fanden wir einander wieder und seitdem leben wir zusammen. Auch jetzt noch, denn es gibt keinen Menschen, dem ich je so nahe war, auch wenn er jetzt dort in diesem Heim ist. Ich heiße Henriette Marschall", erklärte Frau Marschall und ihre Gelassenheit war bemerkenswert. „Also können Sie mir nicht weiterhelfen?", fragte Sonja. „Ich denke doch, denn Heinrich hat mir immer alles erzählt, so wie ich ihm", antwortete Henriette, „Aber vielleicht wollen Sie sich setzen?" „Gerne", nahm Sonja ihr Angebot an und setzte sich auf einen kleinen Hocker, der neben dem Schaukelstuhl stand.

„Heinrich begann vor acht Jahren für Ihren Mann zu arbeiten. Er hat dafür eine gute, sichere Stellung aufgegeben, weil er überzeugt davon war, dass Nathanael die besten Leute um sich haben müsste um seine Pläne zu verwirklichen, und er wollte daran teilhaben. Es war durchaus ein Sprung ins kalte Wasser. Wir haben lange über diese Entscheidung diskutiert, aber letztendlich siegte sein Wagemut über die Vernunft, und wie wir dann sahen, war die Entscheidung richtig, zumindest was das Geschäft betrifft, denn die Firma wuchs mit rasender Geschwindigkeit und die Aufgaben wurden immer mehr und vielfältiger, so dass Heinrich immer mehr arbeitete und immer weniger zu Hause war.

Aber es war für ihn eine immense Herausforderung. Er meinte, dass ihm die Arbeit noch nie so viel Spaß gemacht hätte. Deshalb griff ich auch nicht ein. Erst sehr viel später kam ich dahinter, dass er während dieser Zeit wohl begann Tabletten zu nehmen, Tabletten, die versprachen ihn noch leistungsfähiger zu machen. Er saß ja schließlich an der Quelle. Nun ist Tablettenmissbrauch an sich schon keine lustige Sache, aber die, die er nahm, befanden sich bevorzugt noch in der Testphase, d.h. niemand konnte abschätzen welche Nebenwirkungen sie zeitigen würden. Nathanael hatte eines Abends eine Tablette genommen und Heinrich fragte ihn was das sei. Woraufhin ihm Nathanael erklärte, dass viele Menschen das Bedürfnis hätten mehr zu leisten ohne sich auszupowern. Diese kleinen Dinger versprachen die Energiereserven aufzufüllen, so dass sie schier unerschöpflich wären. Allerdings wies er ihn darauf hin, dass sie noch nicht zugelassen waren, weil sie noch nicht ausreichend getestet wurden. Deshalb war er quasi das lebende Versuchskaninchen. Heinrich bat darum auch diese Rolle spielen zu dürfen. Zunächst war Nathanael strikt dagegen, weil er nichts über die Risiken wisse und er die Verantwortung nicht auf sich nehmen wolle. Heinrich blieb hartnäckig, wie es nun mal seine Art ist, oder war, und Nathanael ließ sich letztendlich breitschlagen. Nachdem alles gut verlief, probierte Nathanael immer mehr Medikamente aus. Er betrieb sozusagen Eigenstudien. Als erst bewegte sich alles im Rahmen, nur dass es immer öfter vorkam, dass die beiden bis zu 72 Stunden durchgehend arbeiteten und immer noch aussahen, als kämen sie frisch aus dem Urlaub. Heinrich beließ es bei diesem einmaligen Selbstversuch, ja er begann diesen Tabletten zu misstrauen, nur Nathanael hatte offenbar Geschmack daran gefunden und probierte immer mehr aus, vor allem dort, wo es ihm zu langsam ging die Zulassung zu bekommen oder gerade zu wenige geeignete Probanden aufzutreiben waren. Umso länger er das machte, desto mehr kapselte er sich von seiner Umwelt ab. Was allerdings nicht weiter auffiel, da ihm Heinrich alles abnahm was damit in Zusammenhang stand. Eines Nachts, Heinrich wollte gerade heimgehen, ging er nochmals in Nathanaels Büro, doch er traf ihn dort nicht an. Er war sich allerdings sicher, dass Nathanael die Firma nicht verlassen hatte. So durchsuchte er das ganze Gebäude und fand ihn letztendlich im Lohnbüro, völlig vertieft in einen Akt. Heinrich stellte sich zu ihm und las den Namen, der auf dem Umschlag des Aktes stand, ‚Gabriel Keller'.

Heinrich liefen kalte Schauer den Rücken hinunter. Noch nie hatte er von einem Mann dieses Namens gehört. Irgendetwas Seltsames ging hier vor, das spürte er genau, nur wusste er noch nicht genau was. Da bemerkte Nathanael meinen Bruder und verdeckte den Namen, so schnell er konnte. Heinrich entschuldigte sich, denn er wollte nicht stören, sondern nur Gute Nacht sagen, doch Nathanael reagierte ganz sonderbar, und meinte, dass es eben so sei, dass ihn immer alle verließen, und jetzt auch er. Er solle gehen, sofort. Am nächsten Morgen war keine Rede mehr davon. Heinrich dachte auch nicht weiter darüber nach, doch als es in den nächsten Monaten immer schlimmer wurde, erinnerte er sich wieder an den Akt und suchte ihn heraus. Aber er fand stand einem, zehn, alle mit dem Nachnamen Keller. Er begann zu lesen, und was er da las, das warf ihn völlig aus dem Gleichgewicht. Offenbar war nicht nur Nathanael Versuchskaninchen, sondern zehn Menschen mit dem Namen Keller, und er konnte es sich nicht anders erklären als damit, dass diese zehn Menschen Nathanaels Geschwister sein müssten. Unterzeichnet waren sämtliche Berichte mit Esther Keller. Wie in einen Strudel fühlte er sich, der Heinrich immer tiefer und tiefer in die Mühle der beständigen Tätigkeit neben einen Mann zog, der zusehends verrückter wurde. Vielleicht waren es nicht die Tabletten alleine, aber sie trugen sicherlich einen Teil dazu bei. Wo das endete wissen Sie ja, dort wo er jetzt vor sich hinvegetiert. Zwei Mal täglich besuche ich ihn, einmal in der Früh und einmal am Nachmittag. Ich wasche und füttere ihn, lese ihm vor und warte, ich weiß nicht worauf. Dann gehe ich wieder nach Hause und warte wieder, bis es Zeit ist wieder hinzugehen. Dann wasche und füttere ich ihn, lese ihm vor und warte, ich weiß nicht worauf. Das werde ich so lange machen, bis er wirklich stirbt. Dann habe ich nichts mehr, worauf ich warten könnte."

Das alles erzählte Henriette Marschall, und als sie geendet hatte, verstummte sie. Es war nur mehr das Knarzen des Schaukelstuhls zu hören. Henriette wartete, und schien völlig auf Sonja vergessen zu haben. Langsam und bedächtig verließ Sonja das Haus. Das war es also, was in den Akten stand, Beobachtungen über die Wirkungen von Medikamenten in der Testphase, und nicht Personaldaten, wie es den Anschein machen sollte, nachdem sie im Personalbüro untergebracht worden waren. Eigentlich eine perfekte Tarnung, denn niemals hätte dort jemand solche brisanten Informationen vermutet, vor allem nicht nach einem Zusammentreffen mit Lischen Kronbichler, und das war schier unausweichlich.

***

Josef verstand die Welt nicht mehr. Konnte es wirklich jemanden geben, der ernsthaft annahm, er hätte Nathanael entführt, den Mann, der so viel Vertrauen in ihn gesetzt hatte und dem er zu großem Dank verpflichtet war? „Wie kommen Sie auf so einen Unsinn?", fragte Josef. „Es gibt Zeugen", sagte der Herr, der nun hinzugekommen war und im Gegensatz zu jenen, die Josef verhaftet hatten, keine Uniform trug. „Mein Name ist Kommissar Brehm, Bertold Brehm. Ich leite diese Untersuchung hier und werde den Fall aufklären, ob Sie nun kooperieren oder nicht, denn ich habe noch jeden Fall aufgeklärt!", erklärte der Mann, „Aufgrund der Aussagen unabhängiger Zeugen müssen wir von einem Gewaltverbrechen ausgehen. Zumindest wurde Nathanael Keller entführt, wenn nicht noch Schlimmeres. Er ist seit zwei Stunden wie vom Erdboden verschluckt. Dazu kommt noch, dass Sie der letzte waren, mit dem er laut integrer Zeugen gesehen wurde, da Sie es waren, der ihn aus der Kanzlei des Anwalts Dr. Stanislaus Stern mit Gewalt mitgenommen hatte und in einem kleinen Smart wegbrachte. Demzufolge haben Sie ihn in den Wagen gepackt und irgendwo hingebracht. Danach sind Sie hierhergekommen und haben sich, nachdem Sie nicht eingelassen wurden, gewaltsam Eintritt verschafften. Die Türe neben dem Golfplatz im westlichen Teil des Areals wurde mit roher Gewalt aufgebrochen. Des Weiteren hatten Sie eine Komplizin, die bei uns auch kein unbeschriebenes Blatt ist. Sie sehen, wir wissen alles, und was wir nicht wissen, werden wir noch erfahren. Es wäre wohl das Vernünftigste, wenn Sie gleich gestehen. Es würde uns eine Menge Arbeit und Zeit ersparen." Die Selbstzufriedenheit, die der Herr Kommissar hegte und pflegte, war nicht zu überhören.

„Und warum sollte ich das getan haben? Ich hatte eine gute, sichere Stellung, hegte weder einen Groll gegen meinen Chef, noch werde ich in seinem Testament erwähnt, also wo bitte sehen Sie mein Motiv? Ganz im Gegenteil, ich kann damit nur verlieren", ereiferte sich Josef, doch der Herr Kommissar blieb sehr ruhig, „Ich sagte ja bereits, was wir nicht wissen, erfahren wir noch,

mit oder ohne Ihre Hilfe. Es liegt an Ihnen. Obwohl ich nicht versäumen will Sie darauf hinzuweisen, dass kooperatives Handeln von Ihrer Seite von unserer Seite goutiert wird. Na, haben Sie mir jetzt was zu sagen?"
„Nein, weil ich es nicht war. Und Sie werden kein Motiv finden, so sehr Sie auch suchen!", blieb Josef hartnäckig bei seiner Meinung. „Es gibt ja noch mehr Motive als Geld. Eifersucht, eine narzisstische Kränkung, eine aktuelle Zurückweisung, orale, anale oder ödipale Unzufriedenheit. Sie sehen, ich habe auch meinen Freud gelesen. Interessant, was er da so schreibt, und so kreativ. Irgendetwas wird schon passen", entgegnete Kommissar Brehm. „Oder es wird passend gemacht. Irgendwie machen Sie mich schon zum Täter", erdreistete sich Josef anzumerken. „Bei uns wird nichts passend gemacht. Unsere Arbeit ist immer sauber und ehrlich, unabhängig und von äußeren Einflüssen unbeeinflussbar!", stellte Kommissar Brehm überzeugt fest. „Natürlich, und das auch von den Anrufen gewisser Damen?", fragte Josef. „Ja, auch das", bestätigte Kommissar Brehm, „Wir verlassen uns ausschließlich auf die Beweise, die wir haben." „Und lassen dafür das Denken sein", ergänzte Josef. „Jetzt werden Sie nicht untergriffig. Auch meine Geduld ist enden wollend!", erhitzte sich nun auch der Kommissar. „Aber ich kann ihnen versichern, dass die Türe offenstand und wir sie nicht aufgebrochen haben, als hätte man uns erwartet", unternahm Josef einen neuerlichen Versuch, „Doch vor allem, was sollten wir hier tun, wenn wir Nathanael

Keller wirklich entführt hätten? Wäre es da nicht viel klüger einfach zu verschwinden und eine Forderung zu stellen?" „Natürlich wäre es das, aber das setzte doch voraus, dass Sie klug sind, und wir wollen niemandem etwas unterstellen, nur die Fakten und die nackten Beweise zählen für uns", sagte Kommissar Brehm, als er den Schal entdeckte, den Josef Nastasja entrissen hatte und immer noch krampfhaft festhielt.

„Na, was haben wir denn da?", sagte der Kommissar und entwand Josefs Händen den Schal, „Genau so einen Schal soll er heute getragen haben, als er entführt wurde. Und was finden wir auf dem guten Stück? Sind das vielleicht Blutflecken? Könnten die vom Opfer stammen? Nun, das wird das Labor klären, denn wir halten uns stets nur an die nackten Fakten und Beweise." „Sie erwähnten es bereits, doch nochmals, warum sollten wir hierher gekommen sein?", fragte Josef hartnäckig. „Vielleicht wollten Sie noch jemanden mitnehmen. Hier herinnen verweilen wichtige Persönlichkeiten, wie hinlänglich bekannt sein dürfte. Schließlich kommt es auf einen mehr oder weniger ja nicht an, und wahrscheinlich mehr ein. Aber Sie werden nicht mehr lachen, wenn wir draufkommen, dass die Blutflecken auf dem Schal von Nathanael Keller stammen", erklärte Kommissar Brehm mit großer Genugtuung, um sich an die Uniformgewandeten zu wenden, „Führen Sie den Herrn ab. Ich werde ihn am Revier weiterverhören!" „Jawohl, Chef", tönte es von der Seite, und Josef fühlte sich gepackt und hinausgeführt. Er konnte nur hoffen, dass Nastasja es geschafft hatte. Doch was hatte sie nur vor?

* * *

Sonja war bedrückt und niedergeschlagen, als sie das Haus Henriette Marschalls verließ. Henriette hatte zwei Aufgaben, sich um ihren Bruder zu kümmern und auf den Tod zu warten. Das eine wechselte mit dem anderen ab. Kurz hatte Sonja darüber nachgedacht die Frau zu erlösen, aber dann wäre ihr Bruder ganz allein gewesen, mit all seinem Nicht-mehr-Funktionieren. Niemand wusste zu sagen was er von seiner Umwelt wahrnahm, aber umgekehrt gab es auch niemanden, der mit Recht behaupten konnte, dass er etwas nicht wahrnahm. Vielleicht war es gerade die aufopfernde Pflege seiner Schwester, die ihn am Leben hielt. Dieses Leben! Es mochte einem entbehrlich und nur beschwerlich erscheinen, Gefangener in einem Körper zu sein, der nur mehr dank Medizin am Laufen gehalten wurde, aber um welchen Preis. Doch wer wollte sich anmaßen dies zu beurteilen, so lange er nicht selber in seiner Haut steckte?

Heinrich schien am Leben zu bleiben, weil seine Schwester für ihn da war. Vielleicht hielt es ihn sogar nur am Leben, weil er spürte, dass er ihre Aufgabe, ihr Projekt war. Und umgekehrt blieb Henriette am Leben, weil sie sich um ihn kümmerte. Was für eine Farce. Nicht mehr zu leben und doch auch nicht zu sterben. Und dann war da dieses heroische Bild des stoisch Leidenden. Ob er wohl religiös war, dieser Heinrich Marschall? Man nehme sein Kreuz auf sich, hieß es, oder so ähnlich. Ein Musterbeispiel von einem Kreuzträger. Als ob er eine Wahl hätte, irgendeine Wahl. Ob er lebte oder starb hing nicht mehr von ihm ab. Ob sie lebte oder starb hing nicht mehr von ihr ab. Was für ein Segen doch die moderne Medizin für den Menschen war.

Jeden zweiten Tag kam der Doktor und überprüfte wie sich die Vitalfunktionen entwickelten. Er überprüfte den Puls und manches andere, und je nachdem wie sich die Werte entwickelten, wurde der Medikamentenmix gleichbehalten oder verändert. Das war es, was ihn letztlich am Leben hielt. Und für den Doktor saß kein Mensch in diesem Rollstuhl, sondern eine Aneinanderreihung von Daten, die er mit anderen Daten verglich und dann alles daran setzte die Daten des Patienten mit den anderen, den Normalwerten in Einklang zu bringen oder sie zumindest diesen anzunähern. Dann ging er wieder. In zwei Tagen würde er wieder hier sein. Er sprach auch nicht mit dem Patienten, sondern mit dem Pfleger. Was hätte es auch für einen Nutzen gehabt mit einem Patienten zu sprechen, der sowieso keine Auskunft zu geben vermochte? Nein, der Pfleger wusste Bescheid. Über den Menschen hinweg wurde gesprochen. Es fand keine Ansprache statt, sondern nur ein über ihn hinweg. Was tat es. Der versteht doch nichts mehr, und wenn doch, tja beschweren würde er sich nicht mehr. Der Tod war die Niederlage. Jeder Tag, an dem die Vitalfunktionen relativ in Ordnung waren, war ein gewonnener Tag, ein Sieg für die moderne Medizin. Noch einmal hatte sie dem Tod ein Schnippchen geschlagen. Und wenn dann der Tod doch eintreten sollte, dann war es eine Niederlage. Nichts anderes. Das war schon sehr peinlich, jedoch nur, wenn es die Statistik trübte. So lange sich diese im Maß hielt, war das noch einigermaßen verkraftbar. Nicht der einzelne Tod machte etwas aus, sondern nur die Ausgewogenheit zwischen Siegen und Niederlagen. Noch hatte der Herr Doktor einen guten Vorsprung. Er gedachte das auch weiterhin so zu halten und alles daran zu setzen. Natürlich gab es auch Rückschläge, immer wieder gab es Rückschläge. Fragte irgendjemand danach wie es sich mit diesen Rückschlägen lebte? Nein, denn es interessierte niemanden. Letztendlich war nicht nur der Patient Opfer des System, das Funktionieren als höchstes Maß und Ziel vorschrieb, sondern auch der Doktor, der für die Einhaltung dieses höchsten Maßes und Zieles verantwortlich zeichnete. Letztendlich waren sie alle Opfer.

Sonja wollte nun alles, wirklich alles wissen, die ganze Wahrheit. Meinte sie doch, dass sie nach dem Besuch bei Heinrich und Henriette Marschall nichts mehr erschüttern könnte. Wie sehr sie sich doch irrte, merkte sie erst später. Sie hielt vor einem kleinen Häuschen in der Vorstadt, dem Häuschen, das Nathanaels Elternhaus sein sollte.

* * *

Nastasja fuhr immer noch den Forstweg entlang, den sie gekommen waren. Während die Verfolger erbarmungslos aufholten, dachte sie fieberhaft nach was sie tun könnte, als vor ihr ein Seitenweg auftauchte. Er war kaum zu sehen, denn der Zugang war verwuchert, aber während der vielen Jahre, die sie im Wald verbracht hatte, hatte sie es gelernt mehr als so mancher andere zu sehen. Deshalb zögerte sie keinen Moment und bog in diesen Seitenweg ein. Für wenige bange Momente meinte sie, der Wagen würde es nicht schaffen, doch dann quälte er sich über die Sträucher, die sich niederdrücken ließen, aber im nächsten Moment wieder erhoben. Obwohl sie es nicht wagte einen Kontrollblick zu riskieren, war sie sich dennoch ziemlich sicher, dass der Wagen vom Hauptweg aus nicht zu sehen war, und tatsächlich, ihre Verfolger fuhren daran vorbei. Erst als es wieder ruhig war um sie, setzte sie den Weg fort, der noch um etliches schlechter zu befahren war, als der, auf dem sie gekommen waren, doch er war noch befahrbar. Hoffentlich passiert es nicht, dass ein Baum oder ähnliches auf den Weg gefallen war. Endlos lange zog sich der Weg hin. Zumindest erschien es ihr so, doch dann wurde er plötzlich breiter und mündete in die Hauptstraße. Die Straße war leer. Deshalb wagte sie es den Wagen auf dieselbe zu lenken, doch sie wusste, sie war noch lange nicht in Sicherheit. Wenige hundert Meter weiter entdeckte sie einen Anhalter. Es war ein junger Bursche mit langen Haaren und sanften Augen. Kurzentschlossen blieb sie stehen.

„Du möchtest also mitgenommen werden?", fragte sie den Anhalter. „Ja, das sieht man doch", entgegnete dieser irritiert. „Was hältst Du davon, wenn ich Dir meinen Wagen leihe? Du fährst damit in die nächste Stadt und lässt ihn dort einfach stehen. Du hast doch einen Führerschein?", bot Nastasja dem Anhalter an. „Da steckt doch irgendeine Finte dahinter? Explodiert der oder so?", fragte der Anhalter misstrauisch. „So, ich sag Dir die Wahrheit. Ich bin eine polizeilich gesuchte Verbrecherin und möchte fliehen. Deshalb sollst Du die Polizei auf eine falsche Fährte führen, während ich mich auf einem anderen Weg verdrücke. Sie werden Dich finden, anhalten und laufen lassen", erzählte Nastasja, die wütend war, weil sie hier stehen und diskutieren musste, während sie wertvolle Zeit verlor. „Ok, ich mache es ja, wenn Du mir nichts tust!", sagte der Anhalter, der ganz offensichtlich um sein Leben bangte.

Nastasja wartete noch ab bis er in das Auto eingestiegen und davongefahren war, dann setzte sie ihren Weg fort, quer durch den Wald. Geri hatte sich zu ihr gesellt. „Es ist gut, dass Du da bist", sagte Nastasja leise, „Mit Dir an meiner Seite habe ich keine Angst." Wie lange es wohl dauern würde bis sie den Anhalter eingeholt hätten und dahinterkamen, dass nicht sie es war, die in diesem Wagen saß? Wie viel Zeit sie wohl hatte? Auf jeden Fall nicht viel, war sie überzeugt und ging zielstrebig ihren Weg weiter. Sie wusste nicht wie lange es dauerte bis sie ihr Ziel erreicht hatte, aber das wichtigste war, dass es ihr gelang. Wiederum stand sie vor einer Mauer, die ein weitläufiges Areal umspannte, doch diesmal durchschnitt die Mauer kalt und weiß, wie ein Fremdkörper, die umliegenden Felder und Wälder. Diese Mauer musste ganz offensichtlich nicht versteckt werden.

* * *

Sonja stieg aus dem Auto aus und besah sich die Gegend. Die reinste Vorstadtidylle. Ein kleines Häuschen mit Vorgarten reihte sich an das andere. Sie unterschieden sich durch die Farbe der Blumen oder den Anstrich des Gartenzauns, die Lage der Garage oder der Anzahl der Gartenzwerge, aber im großen und ganzen waren sie alle gleich, als wollten die Besitzer zwar zeigen, dass sie es sich leisten konnten, das schmucke Eigenheim in dieser etwas gehobeneren Gegend der Stadt, aber auch nichts darüber hinaus. Hübsch und adrett waren die Fassaden anzusehen, und die Vorgärten und sogar die Kinder, die hier spärlich, aber doch mit ihren Fahrrädern und Rollern vorbeihuschten. Es war ein Vorort wie aus einem Hochglanzprospekt, das dafür warb, dass das Leben so auszusehen habe, sollte es perfekt sein. So ein Prospekt gab es natürlich nicht, aber die Vorstellung lebte, in vielen vielen Köpfen.

Sonja läutete und während sie wartete, dass geöffnet wurde, besah sie sich den Garten. So viel Genauigkeit, so viel Akribie, es war schon fast unheimlich. Da war kein Hälmchen zu lange und kein Blatt wuchs dort, wo es nicht sollte. „Wer ist da?", hörte sie die Stimme eines Mannes durch die Sprechanlage. „Sonja Keller, ich bin die Frau von Nathanael", sagte sie, als auch schon der Summer ertönte und die Gartentür aufsprang, während die Haustüre geöffnet wurde und ein kleiner, hagerer Mann sie empfing. „Es freut mich Dich kennenzulernen", sagte er tonlos, und sein Blick huschte umher, als müsste er auf der Hut sein, „Ich darf doch Du sagen, nachdem Du meine Schwiegertochter bist? Ich heiße Rudolf." Seine Stimme war leise und unruhig. „Natürlich", beeilte sich Sonja zu antworten, und nahm die Hand, die ihr gereicht wurde. „Bitte, komm mit herein", bot ihr Rudolf an, und Sonja folgte ihm in die geräumige Wohnküche, die gemütlich hätte sein können.

Hätte sein können, wäre nicht alles so steril. Jedes Ding, das da stand schien seinen genau definierten Platz zu haben. Man hatte Angst irgendwo anzukommen, denn es könnte verrückt werden, und Sonja meinte, dass hier nicht die Dinge, sondern die Menschen verrückt würden, damit die Dinge an ihrem Platz bleiben könnten, aber es könnte genauso gut nur ein Vorurteil sein.

„Wie geht es Nathanael?", fragte Rudolf leise, als wollte er nicht, dass ihn irgendjemand hören könnte, „Einen Tee?" Ohne eine Antwort auf die erste Frage abzuwarten, stellte er die zweite, die er ebenso unbeantwortet annahm um sich bereits in der Küche mit dem Tee zu beschäftigen, dabei warf er immer wieder einen nervösen Blick in den hinteren Teil des Gartens. Sonja entging es nicht, auch nicht, dass seine Bewegungen unkoordiniert und fahrig waren, auch nicht, dass seine Hände zitterten. „Ich habe ihn lange nicht gesehen."

„Es geht ihm schlecht, sehr, sehr schlecht", antwortete Sonja wahrheitsgemäß und sah wie sein Vater zusammenzuckte, als hätte man ihm einen Nadelstich versetzt. „Mit Milch und Zucker?" „Nein danke, nur mit Milch", antwortete Sonja kurz, „Ich bin hier, weil ich einen Weg suche ihm zu helfen." „Ach ja, und warum gerade hier?", fragte Rudolf ausweichend. „Weil hier seine Wurzeln sind und wenn ich seine Familie kenne, so meinte ich, könnte ich auch sein Verhalten verstehen", erklärte Sonja ihre Beweggründe. „Sowas. Wenn er krank ist, sollte er einen Doktor aufsuchen und nicht seine Familie behelligen", sagte Rudolf schlicht. „Aber er ist nicht körperlich krank", entgegnete Sonja, der es immer unheimlicher wurde. Wie viel würde sie an diesem Tag noch zu sehen bekommen? „Du willst die

Wahrheit wissen?", fragte plötzlich Rudolf, in seiner Bewegung innehaltend und den Blick starr aus dem Fenster in den Garten. „Ja, die will ich", sagte Sonja entschieden. „Wie Du willst!", meinte Rudolf, und seine Stimme klang beinahe drohend, „Dann komm hier ans Fenster." Sonja trat neben ihn und folgte seinem Blick in den Garten.

Der Garten hinter dem Haus war ebenso akribisch und genau angelegt, wie der vor dem Haus. Gemüsebeet neben Kräuterbeet und Blumenbeet, gezeichnet wie mit dem Lineal. Alles wo es hingehörte. Und mittendrinnen stand eine Frau, im schlichten Stoffkleid, mit einem Schürzchen angetan. Sie wirkte wie eine von jenen Hausfrauen, die ihr Terrain, in dem sie sich entfalten können, peinlichst in Ordnung halten und den Ihren jeden Wunsch von den Augen ablesen, stets heiter und beschwingt, die nachts die Haare eindrehen um morgens wieder adrett zu erscheinen, und die die Erfindung der Papilloten für die wichtigste des zwanzigsten Jahrhunderts halten, denn diese lassen die Frau trotzdem gut schlafen. Rudolf wartete einige Minuten um Sonja die Möglichkeit zu geben das Szenario auf sich wirken zu lassen.

„Diese Frau, die im Garten arbeitet, ist meine Frau Marlene, Nathanaels Mutter", erklärte Rudolf, „Ich kenne sie nun seit 35 Jahren und sie war für mich niemals anders als so, wie Du sie hier siehst. Es war nicht so, dass ich mich Hals über Kopf in sie verliebt hätte, aber ich lernte sie bei einem Freund von mir, ihrem Bruder, kennen und schätzen. Sie war das, was ich mir gewünscht hatte, häuslich, ordentlich, fleißig und witzig. Mein Freund versuchte mich zu warnen, ohne konkret zu sagen wovor. Ich nahm es damals als Zeichen der Eifersucht und lange blieb ich bei dieser Meinung, da ich nichts Nachteiliges an ihr zu finden vermochte. Wie gesagt, es war nicht die große, brennende, leidenschaftliche Liebe, aber nach und nach gewann sie mein Herz, und ich dachte, dass das wohl viel besser sei, denn ich misstraute von jeher großen Gefühlswallungen, weil ich nur allzu gut wusste wie schnell diese wieder vergehen. So verlobten wir uns bereits nach wenigen Monaten, und sobald ich eine feste Stelle hatte, bat ich sie meine Frau zu werden. Sie blieb zu Hause und kümmerte sich um Haus und Garten. Nicht, weil ich das wollte, sondern weil es ihre Leidenschaft war. Daneben bereitete sie wunderbare Marmeladen, Kompotte und Kuchen, für die sie sehr rasch viele Abnehmer fand. So war es uns möglich dieses Häuschen zu erwerben. Dann wurde Nathanael geboren und Marlene ging voll und ganz in ihrer Aufgabe auf. Niemals, und ich betone, niemals erlebte ich sie anders als adrett und fürsorglich. Dazu muss ich sagen, dass ich, als sich abzeichnete, dass wir Eltern wurden, einen Posten im Außendienst annahm, da ich dort ganz andere Verdienstmöglichkeiten hatte, aber auch weniger zu Hause war. Ich hatte den Ehrgeiz meiner Familie alles bieten zu können, was wichtig war, vor allem finanzielle Sicherheit. Aber was kann ein Mann auch schon anderes beitragen? Zumal da Marlene alles perfekt zu machen schien, und das mit einer unglaublichen Leichtigkeit und Freude. Nathanael wuchs heran, kam in den Kindergarten und dann in die Schule. Seine Leistungen waren durchschnittlich, doch auch dabei dachte ich mir nichts. Es muss ja auch nicht jeder ein Genie sein, war meine Meinung, und schließlich waren seine Mutter und ich auch nicht überdurchschnittlich begabt. Als nächstes fiel mir auf, dass Nathanael immer blasser und dünner wurde, obwohl seine Mutter ausgezeichnet kochte, und dann zog er sich immer mehr und mehr zurück. Ich sah nicht, dass etwas nicht stimmte, vor allem, weil ich es nicht sehen wollte." An dieser Stelle unterbrach Rudolf seine Erzählung, denn die Frau, seine Frau, Marlene, kam ins Haus und in die Küche.

„Rudolf, es ist Zeit", sagte Marlene zu Rudolf. Sonja stand daneben und doch nahm Marlene keinerlei Notiz von ihr. „Du musst jetzt was essen." Damit begann sie zu kochen, deckte auf und setzte ihrem Mann das Essen vor. Gehorsam begann er zu essen. „Du willst doch nicht wirklich alles aufessen?", fragte Marlene plötzlich, „Denk doch an all die anderen armen Kinder, die hungern müssen. Sei doch nicht immer so egoistisch, Nathanael." Damit riss sie ihrem Mann den Teller weg und ging damit hinaus aus dem Haus um den halbvollen Teller in den Vorgarten zu stellen. Gleich war sie wieder da. „Du warst ungehorsam, schon wieder ungehorsam!", fuhr sie Rudolf an, „Ich werde jetzt hinauf in Dein Zimmer gehen und alles für die Bestrafung vorbereiten. In fünf Minuten kommst Du nach!" Damit ging sie die Treppe hinauf. „So hat sie es mit Nathanael gemacht", sagte Rudolf leise, „Ich denke, Du findest den Weg alleine hinaus. Ich muss hinaufgehen. Ich konnte es nicht verhindern, was sie meinem Sohn angetan hat, jetzt muss ich es büßen." „Du machst es Dir schon sehr leicht", sagte Sonja trocken und verließ angewidert das Haus. „Du wolltest sie wissen, die ganze Wahrheit", hörte sie Rudolf noch sagen, dann knallte sie die Türe zu.

* * *

„Guten Abend", sagte Nastasja, als sie Sonjas Zimmer betrat. „Guten Abend", entgegnete Sonja, „Ich habe Dich bereits erwartet." „Warum das?", fragte Nastasja verblüfft. „Weil Du Dich nicht mit dem zufrieden gibst, was die Leute so sagen, sondern wissen willst wie es wirklich ist", entgegnete Sonja, und bot Nastasja an Platz zu nehmen. „Ja, das möchte ich. Nathanael ist hier?", fragte Nastasja gerade heraus. „Ja, er ist hier", gab Sonja unumwunden zu, „Und ich brauche Deine Hilfe!" „Ich gehe jetzt einmal davon aus, dass Du ihn nicht vergiften und nicht internieren wolltest", fuhr Nastasja fort, „Aber ich möchte jetzt wissen was wirklich dahintersteckt." „Gut, ich werde es Dir erzählen, wenn Du mir dann hilfst", stimmte Sonja zu. „Das werde ich dann entscheiden, wenn ich alles erfahren habe und es vor allem glaubwürdig ist", konterte Nastasja. „Nun gut, Du sollst alles erfahren."

„Du weißt ja bereits, dass Nathanael die Firma aufgebaut hat, die nun, ohne zu übertreiben, Weltruhm erlangt hat. Dies ist sein Lebenswerk und es zu verlieren, wäre gleichzusetzen mit ihn zu zerstören. Nach und nach wurde Nathanael immer sonderbarer, und ich tat alles um diese Absonderheiten vor der Welt geheim zu halten. Gewisse Schrullen und Ticks werden einem Mann in seiner Position durchaus zugebilligt, doch Nathanael zeigte massive Anzeichen von Schizophrenie. Also besuchte ich seinen ehemaligen Sekretär und im Anschluss daran seine Eltern. Bei ersteren erfuhr ich, dass er sich selbst als Versuchskaninchen für seine Medikamente benutzt hatte, zumindest in den Anfangszeiten, und bei seinen Eltern lernte ich eine schizophrene Mutter kennen, die ihren Sohn misshandelte. All das brachte mich zu der Gewissheit, dass es Schizophrenie sein musste. Eine letzte Bestätigung fand in den Akten, die ich in der Firma entwendete", erzählte Sonja, und legte, sauber geordnet die Akten sämtlicher Geschwister Nathanaels vor Nastasja auf den Tisch, „Dazu muss gesagt werden, Nathanael ist ein Einzelkind."

„Ich muss zugeben nicht allzu überrascht zu sein", entgegnete Nastasja, „Zumal ich einerseits so manche

Zeichen zu deuten weiß, doch vor allem, die Vergiftungstheorie ließ so viele Lücken offen, und so lange die Einzelteile nicht passen, wird aus den einzelnen Puzzleteilen niemals ein komplettes Bild."
„Und was war Deiner Meinung nach nicht stimmig?", fragte Sonja interessiert. „Alles begann damit, dass Nathanael zu mir kam. Du wusstest über den Unfall Bescheid, davon bin ich mittlerweile überzeugt. Es wäre doch der ideale Zeitpunkt gewesen ihn für verrückt zu erklären, in dem Zustand, in dem er sich befand. Stattdessen hast Du es zugelassen, dass er zu mir kam und von mir quasi wiederhergestellt wurde. Das konnte nicht passen, wenn Du die Absicht hattest ihn zu vergiften, sondern nur, wenn Du wolltest, dass es ihm wieder besser geht. Es war sicher ein leichtes zu erfahren, dass dies wirklich der Fall war. Immer noch hättest Du es verhindern können. Du tatest es aber nicht. Vielmehr hofftest Du, dass dort im Wald, wo er frei war von irritierenden Eindrücken, auch sein Geist wieder genesen würde. Als er an jenem Abend zurückkehrte, warst Du froh darüber, dass er wieder da war, aber Du sahst, dass sein Geist sich nicht erholt hatte. Deshalb Deine Enttäuschung, ja Dein Wutausbruch am Morgen nach dem Zwischenfall. Er hat es Dir auch noch erzählt, und Du merktest, dass alle Bemühungen Deinerseits sinnlos waren. Deshalb hast Du auch meinen Laptop stehlen lassen. Hast Du gefunden was Du finden wolltest?", begann Nastasja zusammenzufassen. „Leider nein. Ich hatte gehofft, dass er sich Dir gegenüber mehr

öffnen würde und Du darüber Aufzeichnungen führtest, die auch mir weiterhelfen könnten", erklärte Sonja, „Allerdings galt meine Besorgnis auch der Möglichkeit, dass Du mit Deinem Wissen an die Öffentlichkeit gehen könntest. Du hättest uns vernichten können, denn sobald ruchbar werden würde wie es um Nathanael wirklich steht, wäre die Firma keinen Pfifferling mehr wert gewesen." „Es war aber dennoch ein kopfloses Handeln, denn Du weißt, dass ich keine schriftlichen Aufzeichnungen brauche um Nathanael zu diskreditieren", entgegnete Nastasja, „Deshalb war das nur ein Vorwand. In Wahrheit wolltest Du, dass ich komme. Du hättest mich aber schlecht anrufen können und herbitten. Es musste etwas geschehen, das mich veranlassen sollte von mir aus zu kommen. Alles andere würde sich von alleine finden." „Das stimmt", gab nun Sonja zu. „Was nun Deine angebliche Affäre mit Dr. Wald betrifft,", fuhr Nastasja fort, „so wusste ich von Anfang an, dass das nichts anderes als eine Finte war. Doch was, fragte ich mich, sollte eine Frau dazu veranlassen solch ein Gerücht nicht nur nicht zu entkräften, sondern es vielmehr noch zu schüren? Dass Sie, Herr Dr. Wald, und ich hoffe, Sie verzeihen mir meine Offenheit, schwul sind, müsste eigentlich jeder erkennen. Bei Ihnen liegt also das Motiv klar auf der Hand. So lange alle Welt der Meinung ist, Sie hätten eine Affäre mit Sonja, kommt niemand auf den Gedanken Sie zu beschuldigen Männern den Vorzug zu geben. Das war relativ einfach. Komplizierter war Dein Motiv, und darüber kann ich nach wie vor nur spekulieren. Ein Teil war wohl um der Verschwörungstheorie Nahrung zu geben. Wie leicht man sich doch die Paranoia der modernen Menschen zu Nutze machen kann. Niemals gab es in diesem Haus irgendwelche Überwachungskameras oder Mikrofone, ebenso wenig wie eine Überwachungszentrale. Und dennoch hast Du Informationen darüber so geschickt plaziert, dass Du den Rest der Eigendynamik einer Information überlassen konntest. In Wahrheit suchtest Du einen Grund Dich zurückzuziehen. Was war das für ein Grund?" „Vor einigen Monaten hatte Nathanael einen seiner Anfälle. Wir waren gerade in der Firma, alleine im Labor, denn es war mitten in der Nacht. Plötzlich sah er mich an, als wäre ich ein wildes Tier, begann mich anzuflehen ihn nicht anzugreifen. Ich weiß es noch wie heute, denn es hat sich mehr als nur in mein Gedächtnis eingegraben", erzählte Sonja, und Nastasja sah, dass es ihr sichtlich schwer fiel über die Begebenheiten dieser Nacht zu sprechen, doch es musste sein, wollten sie endlich alles hinter sich lassen, „Jedenfalls wusste ich nicht, was ich tun sollte. So begann ich damit ihn zu beruhigen, oder zumindest versuchte ich es. Ich redete ihm gut zu und machte einen Schritt in seine Richtung. Daraufhin schrie er mich an, dass ich nicht näher kommen sollte, doch ich ließ nicht locker. In seiner Panik griff er nach dem nächsten was er erwischte. Es war ein kleines Fläschchen, dessen Inhalt er mir ins Gesicht schüttete. Im selben Moment, in dem die Flüssigkeit meine Haut berührte, begann sie zu brennen, als würde

sie in Flammen stehen. Verzweifelt versuchte ich sie mir abzuwischen, doch dann begann auch meine Haut zu brennen. Mir fiel nichts anderes ein als Samuel anzurufen. Meine linke Gesichtshälfte und meine linke Hand waren verätzt. Samuel nahm sich meiner an, und mit Hilfe mehrerer schmerzhafter Operationen gelang es ihm mich wieder so wie vorher aussehen zu lassen."
„Und er hat wirklich ausgezeichnete Arbeit geleistet", stellte Nastasja fest, „Womit nur noch die eine Frage bleibt, warum keine professionelle Hilfe in Anspruch genommen wurde, um Nathanaels zerrütteten Geisteszustand wieder ins Lot zu bekommen. Zunächst dachte ich, auch das wäre wegen der Öffentlichkeit, doch wie ich seit heute weiß gibt es ein Sanatorium hier in der Stadt, das darauf spezialisiert ist prominente Gäste zu betreuen, ohne dass die Öffentlichkeit davon erfährt. Das kann es also nicht gewesen sein. Bleibt nur mehr die Möglichkeit, dass Nathanael es ablehnte. Deshalb hast Du auf eigene Faust versucht ihm Medikamente gegen seine Schizophrenie unterzujubeln. Allerdings muss ich Dir leider sagen, dass Du Dich dabei reichlich dilettantisch benommen hast, vor allem jemandem gegenüber, der sowieso schon hinter jedem Deiner Handgriffe Gefahr wittert." „Auch damit liegst Du richtig. Als Nathanael heute den Weg zum Anwalt machte musste ich dringend etwas unternehmen. Fritz und Franz, zwei meiner Mitarbeiter, standen bereit falls in der Kanzlei etwas passieren sollte. Deshalb habe ich versucht ihm die Tablette zu verabreichen, am Morgen im Kaffee. Ich war

so sicher, es war mir gelungen. Genau solch einen Vorfall wollte ich verhindern, doch ich war mir nicht sicher ob es tatsächlich funktioniert, denn Nathanael war an diesem Morgen besonders aufgewühlt und emotional belastet. So schickte ich die beiden sicherheitshalber mit, informierte Dr. Stern diese zu rufen, falls etwas Ungewöhnliches geschah. Des Weiteren hatten die beiden die Instruktion eine falsche Fährte zu legen, die Du auch prompt aufgenommen hast. Dass allerdings Jean sich wichtig machen musste, damit habe ich nicht gerechnet. Es war ein reines Ablenkungsmanöver um Zeit zu gewinnen."

„Aber wo ist Nathanael jetzt?", fragte Nastasja. „Er ist am anderen Ende des Grundstückes im Försterhaus untergebracht, und wird wohl bald aufwachen", gab Sonja unumwunden zu. „Hast Du ihn betäubt?", wurde Nastasja hellhörig. „Aber nein, nur ein Beruhigungsmittel. Keine Sorge", entgegnete Sonja, „Aber vielleicht gelingt Dir, was mir nicht gelungen ist, ihn von der Notwendigkeit einer Therapie zu überzeugen." „Ich werde es versuchen", erklärte sich Nastasja bereit, „Aber ich kann nichts versprechen." Damit begaben sich die drei zur Forsthütte.

***

Während Jean, der eigentlich Josef hieß, aufs Revier zum Verhör gebracht wurde, das nicht sehr erfreulich verlief, da nur allzu schnell erkennbar wurde, dass das Blut, das sich auf dem Schal befand, den Josef bei sich hatte, weil er ihn Nastasja vor seiner Verhaftung vom Hals gerissen hatte, von Nathanael stammte und darüber hinaus immer noch kein Lebenszeichen von Nathanael zu vernehmen war, konnten die Kollegen im Außendienst die Komplizin dingfest machen, zumindest war die erste Nachricht, die sie in die Zentrale schickten in diese Richtung zu verstehen, denn es war ihnen gelungen das Auto zu sichten, mit dem Nastasja geflohen war.

„Kommissar Brehm", ließ sich ein atemloser Polizist am Telephon vernehmen, „Das fragliche Fahrzeug wurde gesichtet." „Ach ja? Worauf wartet ihr dann noch? Aufhalten und festnehmen!", schrie Kommissar Brehm den ahnungslosen Untergebenen an. „Ja, aber Sie haben doch gesagt, wir sollten Sie zunächst informieren, wenn das Fahrzeug gesichtet wird, um dann weitere Befehle zu erhalten, bezüglich der Vorgangsweise", versuchte der Angeschriene sich zu rechtfertigen. Da fiel dem Kommissar ein, dass das tatsächlich seine Worte waren, aber natürlich konnte er sich keiner Blöße geben. „Was auch immer ich befohlen habe, meinen Sie nicht, dass Gefahr im Verzug ist? Ein anderes Beispiel: Was würden Sie denn tun, wenn es brennt? Die Feuerwehr rufen?", fragte Kommissar Brehm, und ohne eine Antwort abzuwarten fuhr er fort, „Doch selbstverständlich nicht. Sie würden den Brand selbst löschen. Oder etwa nicht? Also halten Sie das Fahrzeug an und nehmen Sie die

Verdächtige fest." Damit unterbrach er das Gespräch, mit dem erhabenen Gefühl wieder einmal jemandem gezeigt zu haben, warum er der Vorgesetzte und der andere der Untergebene war. „Ich würde aber dennoch als erst die Feuerwehr rufen", blieb der Zurechtgewiesene stur, doch er dachte es nur bei sich. Das schien ihm aufmüpfig genug. Manche verstehen es offenbar nie.

Der Wagen, Josefs Wagen, wurde in der nächsten Stadt angehalten. Dies geschah in einer spektakulären Aktion. Ein halbes Dutzend Polizeiautos hielt und ließ die Reifen quietschen. Die quietschenden Reifen sind besonders wichtig. Das verleiht der Szene eine besondere Dramatik, und es lag ja in der Absicht der Polizisten, Nastasja, die sie im Wagen vermuteten, einzuschüchtern. Doch statt der Frau, die auf der Fahndungsliste stand, stieg ein sehr verängstigt wirkender junger Mann aus. Was sollten sie jetzt machen? Könnten sie es wagen Kommissar Brehm anzurufen, mit solch einer Nachricht? Da kam ihnen die glorreiche Idee den jungen Mann zu befragen.

Ordnungsgemäß erzählte der Anhalter seine Geschichte. Die Augen der Polizisten wurden immer größer und sie selbst immer ratloser. „Es wird uns wohl nichts anderes übrigbleiben als den Kommissar zu informieren", stellten sie seufzend fest. „Nehmt ihn mit!", brüllte der Kommissar am Telephon. „Irgendetwas wird er schon mit der Sache zu tun haben. Es war auch eine reichlich absurde Geschichte, die er da von sich gab.

* * *

Nastasja, Sonja und Samuel betraten das Försterhaus. Nathanael war bereits zu sich gekommen, saß aber noch benommen auf einer Couch. Langsam erkannte er die Gesichter, kam zu sich. „Was habt ihr nur mit mir gemacht?", fragte er leise, während er sich den Kopf hielt, „Ich habe rasende Kopfschmerzen." „Wir haben Dich ruhig gestellt, ich gebe es zu, aber es war zu Deinem Besten. Wir mussten Dich vor Dir selber bewahren", versuchte Sonja zu erklären. „Ich habe erlebt wie Du mir helfen willst. Vergiften wolltest Du mich, und willst es immer noch!", entgegnete Nathanael, „Du, und Dein feiner Herr Doktor. Wahrscheinlich hat er Dir ja auch die Mittel verschafft um mich in den Wahnsinn zu treiben. Es weiß doch jeder, dass ihr beide unter einer Decke steckt, im wahrsten Sinne des Wortes." „Weiß das wirklich jeder? Hast Du Dich davon selbst überzeugt?", mischte sich nun Nastasja ins Gespräch ein. „Auch Du mein Sohn Brutus", rezitierte Nathanael die angeblich letzten Worte Caesars, „Gehörst du jetzt auch schon zu ihnen, Nastasja? Ich hätte nie gedacht, dass Du auch käuflich bist." „Ich bin nicht käuflich und ich stehe, wenn schon auf einer Seite, dann auf der der Wahrheit, und ich konnte inzwischen herausfinden, dass Deine Frau Dich nicht vergiften, sondern Dir tatsächlich helfen wollte. Doch sie nahm sich zu viel vor. Sie wollte Dir helfen, aber auf eine Art und Weise, dass die Firma keinen Schaden nehmen sollte. Du bist schizophren und paranoid. Wenn Du je wieder ein normales Leben führen möchtest, dann lass es zu, dass Dir geholfen wird", bat Nastasja inständig. „Aber sie haben es alle gesagt und ich vertraue ihnen. Sie sind ja schließlich meine Familie", beharrte Nathanael auf seinem Standpunkt. „Wer hat es Dir gesagt?", fragte Nastasja nach. „Esther, Joshua, Michael, Miriam, Emmanuel, Gabriel, Rebekka, Ezechiel, Daniel, alle meine Geschwister. Wir sind miteinander aufgewachsen, auf dem verfluchten Bauernhof. Wem soll ich denn vertrauen, wenn nicht ihnen, wo sich die ganze Welt gegen mich verschworen hat?", meinte Nathanael trotzig. „Nathanael, Du hast keine Geschwister und Du bist nicht auf einem Bauernhof aufgewachsen, sondern in einem kleinen, idyllischen Häuschen in der Vorstadt", sagte Sonja langsam, „Ich weiß inzwischen wovor Du Dich schützen willst, weiß, was Deine Mutter Dir angetan und Dein Vater gedeckt hat." „Mir hat nie jemand irgendetwas angetan. Dazu bin ich viel zu stark. Den anderen, ja denen, vielleicht, aber nicht mir", beharrte Nathanael.

„Deine Mutter hat immer wunderbar für Dich gesorgt. Stimmt das?", fragte Sonja.
„Natürlich hat sie das. Jeden Tag hat sie für mich gekocht, und immer nur das, was ich wollte. Sie ist eine wunderbare Köchin", stimmte Nathanael zu.
„Ja, das ist sie wohl. Sie hat für Dich gekocht, hat Dir den Teller hingestellt, vollgefüllt mit dem, was Du gerne aßt.

Sie selbst setzte sich neben Dich. Dann sah sie Dir zu, wie Du genüsslich gegessen hast. Vielleicht ließ sie Dir die ersten zwei oder drei Bissen, doch dann begann sie auf Dich einzureden, fragte Dich beiläufig ob es Dir schmeckte, was Du natürlich bejahtest. Dann fragte sie Dich ob Du wirklich alles aufessen möchtest, ob Du wirklich so egoistisch seist, dass Du das ganze Essen für Dich haben wolltest. Und Du dachtest wohl bei Dir, dass Du das ganz wirklich, wirklich willst, denn Du warst hungrig und es schmeckte doch so gut, aber gesagt hast Du nichts, und dann machte sie weiter, erzählte Dir von all den armen Kindern, die hungern müssten und davon, dass Du schuld seist, weil Du nichts abgeben, alles für Dich alleine haben wolltest. Dort draußen stehen sie, redete sie Dir ein, und vielleicht standen die Kinder für Deine Mutter wirklich vor der Türe und warteten, doch die konnte nur sie sehen, weil es sie nur in ihrer Phantasie gab. Was solltest Du tun? Einerseits hattest Du Hunger und wolltest nichts abgeben, andererseits wolltest Du Deine Mutter nicht wütend machen. Und sie hörte nicht auf damit auf Dich einzureden, hörte einfach nicht auf. Irgendwann konntest Du es nicht mehr hören, schobst den Teller weg, den sie eilig nahm und in den Vorgarten stellte, für die armen, hungrigen Kinder, während ihr eigener Sohn hungerte", versuchte Sonja seinem Gedächtnis auf die Sprünge zu helfen.
„Nein, das war nicht ich, sondern Michael. Ihm hat sie immer den Teller weggenommen. Er wurde nie satt, nicht ich!", beeilte sich Nathanael zu versichern. „Und

wenn Du Dich nicht bereiterklärtest Dein Essen zu teilen, hat sie Dich dann nicht hinaufgerufen um Dich zu bestrafen?", fragte Sonja unerbittlich weiter. „Nein, mich hat sie nie bestraft, immer nur die anderen!", entfuhr es, aber Nathanael wand sich, als hätte er Schmerzen, als wollte er mit aller Macht verhindern, dass diese Bilder ihm zu nahe kamen, die seine waren, und die er doch so erfolgreich über all die Jahre weggeschoben hatte. „Sind sie jetzt da, Deine Geschwister? Sind sie da, um Dir nochmals die Wahrheit, das Erleben abzunehmen?", fragte nun Nastasja. „Ja, natürlich sind Sie da", entgegnete Nathanael, sich hilfesuchend umsehend. „Sag mir wie alt sie sind? Haben sie sich im Laufe der Jahre verändert?", fuhr Nastasja fort. Da hielt Nathanael plötzlich inne. „Daniel ist immer noch drei, so wie er war, als ich das Haus verließ und Esther zieht immer noch das tote Kind hinter sich her, an der Nabelschnur in seinem Blut. Alles nur Phantasie, alles Einbildung?", murmelte Nathanael, „Geht weg! Verschwindet! Lasst mich in Ruhe! Es gibt euch nicht!", schrie er unvermittelt auf, dann hielt er einen Moment inne, und sagte, „Ja, ihr habt mich beschützt, all die Jahre, aber jetzt brauche ich euch nicht mehr. Geht einfach fort, bitte. Ich möchte doch einfach nur ein normales Leben führen, trotz dieser Mutter." „Endlich hast Du es ausgesprochen", sagte Nastasja leise, „Das ist der erste Schritt."

Nathanael lag zusammengekauert auf der Couch, als ein großes Tier die Hütte betrat und direkt auf Nathanael zuging. Es legte seine Schnauze neben sein Gesicht und hielt still. Langsam fand Nathanaels Hand in sein Fell. „Floh, Du bist wieder da", hörten ihn die Umstehenden sagen. „Geri, danke", flüsterte Nastasja, um lauter hinzuzusetzen, „Ich denke, ein Hund tut ihm gut, für den Anfang. Alles andere wird daraus erwachsen."

Sonja ging zurück zum Haus, Nathanael in ihrem Arm, gefolgt von Samuel, Nastasja und Geri. Gerade als sie das Haus betraten, läutete das Telephon. Sonja hob ab und hörte zu. „Ach ja gut, dass sie anrufen, Nathanael ist wieder aufgetaucht", meinte sie ernst, „Ja, Sie können Josef laufen lassen, auch wenn er gestanden hat." Dann legte sie auf. „Interessante Neuigkeiten", verkündete sie den anderen, „Nathanaels Auto, mit dem er den Unfall gehabt hatte, ist dank der tatkräftigen Bemühungen der Polizei auch gefunden worden. Da sieht man wieder, auf die Polizei kann man sich verlassen."

7. Wo wir uns finden

Nastasja war froh wieder in ihren Wald zurückzukommen. „Wir werden Dich hinbringen", hatten Sonja und Nathanael einhellig erklärt. „Ach ich weiß nicht", widersprach Nastasja, aber dieser Widerspruch war nicht sehr überzeugend, zumal für Menschen, die es gewohnt waren Widersprüche, wenn sie sie überhaupt wahrnahmen, so doch nicht besonders ernst zu nehmen. „Willst Du denn wirklich nicht noch ein wenig bei uns bleiben?", fragte Sonja, zum wiederholten Mal, als sie bereits am Waldrand hielten. „Nein, das will ich ganz bestimmt nicht. Ich habe für eine Zeitlang genug von dem Leben dort draußen, von all der Konfusität und der ganzen Unruhe. Ich habe wirklich große Sehnsucht nach meinem Wald", entgegnete Nastasja sinnend. „Aber es geht auch in der Welt dort draußen nicht immer so zu wie jetzt!", versicherte ihr Sonja, „Aber eines musst Du mir versprechen, Du kommst uns ab und zu besuchen, denn Du tust den Menschen dort draußen gut. Auch wenn wir nicht so leben wollen wie Du, aber so bringt es doch ein Stück Ruhe und auch wohltuende Selbstreflexion mit sich." „So soll es auch sein, sonst wären unsere Wälder ja auch bald voller Menschen, und wohin sollte ich dann noch ausweichen?", fragte Nastasja augenzwinkernd, „Nein, es ist schon gut so wie es ist, nur den Tee, den möchte ich Dir noch mitgeben." „Du wirst mir noch viel mehr mitgeben können und auch zeigen, denn wir unsererseits haben selbstverständlich einen Plan B, falls Du es wirklich über Dich bringst uns zu verlassen", antwortete Sonja energisch, „Wir werden zwei Wochen hierbleiben und unsere verpatzten Flitterwochen nachholen. Ich denke, wir können so manches von Dir lernen. Aber keine Sorge, wir werden Dir nicht dauernd auf der Pelle sitzen, denn schließlich wollen wir auch für uns sein." „Das ist wirklich eine tolle Idee, und ich denke, ich werde es verkraften, wenn es wirklich nur zwei Wochen sind", meinte Nastasja. „Habe ich da eigentlich auch noch was dazu zu sagen?", fragte Nathanael und nahm seine Frau bei der Hand, als sie durch den Wald auf Nastasjas Hütte zugingen. „Nein, Du hast einmal ausnahmsweise nichts zu sagen", neckte Sonja ihren Mann. Und die Sonne sandte ihre milden Strahlen durch das Blätterdach, zeichnete grazile Schatten und Muster auf den schmalen Weg.

„Ich freue mich, dass Sie endlich wieder da sind!", wurde Nastasja überraschend begrüßt, als sie mit Sonja und Nathanael die Hütte erreichte. „Das ist doch schön, so empfangen zu werden. Ja, ich bin wirklich sehr froh wieder hier zu sein", musste Nastasja zugeben, „Aber ich möchte die Herrschaften bekannt machen. Das hier sind Sonja und Nathanael Keller, Dr. Manuel Matthis, der Notar, der mir die Hütte mitsamt dem Umland verpachtete, bis der eigentliche Besitzer sie wieder für sich haben will." „Ich wusste doch, dass es einen Grund gibt, warum es Nastasja so eilig hatte wieder in den Wald zurückzukehren", meinte Sonja lachend, als sie Manuel die Hand reichte. „Ach Sie meinen doch nicht, dass ich da irgend einen Ausschlag hätte geben können?", fragte Manuel nach. Nastasja hatte es wohl gesehen, die stattliche Figur, den ernsten Blick und das einnehmende Wesen, so wie Sonja, doch bis jetzt hatte sie nicht Weiters darüber nachgedacht. „So ein Unsinn", beeilte sich Nastasja einzuwenden, während sie alle drei in ihre Hütte bugsierte und Tee zubereitete.

„Aber Sie sind doch offensichtlich Jäger?", nahm Sonja den Faden wieder auf, „Widerspricht sich das nicht? Ich meine, können Sie und Nastasja überhaupt einen Anknüpfungspunkt finden?" „Es ist mir ein wenig peinlich das zuzugeben, aber ich bin nicht ein Jäger im herkömmlichen Sinne", meinte Manuel und man konnte es ihm ansehen, dass es ihm wirklich sichtlich unangenehm war. „Sie müssen es aber nicht erzählen, wenn Sie nicht wollen", warf Nastasja ein. „Ich will es aber, weil ich auch nicht will, dass Sie ein falsches Bild von mir haben", und damit meinte Manuel in erster Linie Nastasja, „Vor allem, weil es eigentlich recht kindisch ist." „Sie können mir glauben, uns ist wenig Menschliches fremd", entgegnete Sonja aufmunternd.

„Also schön. Je länger ich darüber nachdenke, desto läppischer erscheint mir diese ganze Maskerade", begann Manuel, „Ich bin schon immer gerne in den Wald gegangen, schon als Kind. Ich hatte das große Glück, dass mein Vater mich dazu anregte. Allerdings war es wohl für einen Mann nicht geziemend, zumindest habe ich es so empfunden, auch wenn es nie laut ausgesprochen wurde, einfach so in den Wald zu gehen, sondern er musst eine Aufgabe haben. Mein Vater sammelte Pilze und Beeren und nebenbei kümmerte er sich um verletzte und kranke Tiere. Niemals hätte er eine Flinte in die Hand genommen. Ich war gerade mal zwölf als mein Vater starb. Dennoch behielt ich die Angewohnheit bei. Stillschweigend wurde es mir zugebilligt, aus Pietät gegenüber meinem Vater, doch sobald ich achtzehn war wurde ich dafür belächelt. So dachte ich darüber nach ob es etwas Männliches gab, was meinen Aufenthalt im Wald rechtfertigen konnte. Das einzige was mir einfiel war Maskerade als Jäger. Deshalb machte ich den Jagdschein, doch ich habe die Knallerei immer gehasst. Außer auf dem Schießstand, wenn es sein musste, habe ich niemals einen Schuss abgegeben, geschweige denn ein Tier getötet. Ich liebe es einfach durch den Wald zu gehen, die Natur zu genießen oder auf dem Hochstand zu sitzen und die Tiere zu beobachten." „Geri hat also nichts zu befürchten", warf Nastasja freudig ein. „Nein, ganz im Gegenteil, ich bin sogar sehr froh, dass die Wölfe in unserer Gegend wieder heimisch geworden sind, denn sie sorgen dafür, dass der Rotwildbestand nicht überhand nimmt. So pendelt sich das Gleichgewicht langsam wieder ein", bestätigte Manuel. „Aber da habe ich eine besser Idee als hier den Jäger zu spielen", merkte Nastasja an, und da waren plötzlich aller Augen gespannt auf sie gerichtet, „Meinen Sie nicht, dass die Kinder Freude daran hätten, wenn ihnen jemand die Natur nahebringen würde, der sich so gut auskennt wie Sie, so wie es einst Ihr Vater mit Ihnen tat?"

* * *

Sonja und Nathanael verbrachten unbeschwerte Wochen bei Nastasja und nahmen mehr, viel mehr mit, als einen Tee. Den wohl auch, aber vor allem ein neues Miteinander. Sicher war wohl, dass Nathanael niemals wirkliche Heilung erfahren würde, doch er hatte eine Frau an seiner Seite, die ihm half immer besser mit seiner Bürde umzugehen.

Manuel hatte Nastasjas Idee aufgegriffen und die Büchse weggelegt. So oft es ihm seine Zeit erlaubte, führte er Horden von Kindern in den Wald. Meistens waren diese davon überzeugt, dass es im Wald doch einfach nur fürchterlich langweilig wäre, doch sehr schnell konnte Manuel die meisten von ihnen davon überzeugen, dass dem ganz und gar nicht so war, sondern dass es viel Aufregendes und Neues zu entdecken gab. Es herrschte reger Betrieb im Wald, doch nicht allzu oft. Mit der Zeit ergab es sich, dass Nastasja und Manuel sich zusammen taten und ihr Wissen den Kindern gemeinsam weitergaben. Ob sie sich auch persönlich näherkamen? Es spricht zwar einiges dafür. Gesichert ist es aber nicht, und deshalb sollen hier auch keine Gerüchte in die Welt gesetzt werden.

Gesichert ist jedoch, dass Geri sich, wie Nastasja vorausgesehen hatte, eine Gefährtin fand. Eines Nachts kehrte er nicht mehr zu der Hütte zurück, und auch in den folgenden Nächten blieb er aus. Etliche Wochen vergingen, da tauchte er plötzlich wieder auf, doch er war nicht alleine. Mit ihm kam eine ebenso stattliche Wölfin wie er ein Wolf war, die aber in einiger Entfernung stehenblieb, während Geri bis zur Hütte kam, und zwischen seinen Beinen tollten fünf kleine Welpen. Einmal noch legte er den Kopf in Nastasjas Schoß, als wollte er Abschied nehmen. „Geh nur", sagte Nastasja leise, „Du hast ein zu Hause gefunden. Dort gehörst Du hin." Und damit ging er. Auch wenn er sich von nun an nicht mehr blicken ließ, so wusste Nastasja genau, dass er in der Nähe war.

Wohin gehen wir? Immer nach Hause, letztendlich, wie immer dieses auch aussehen mag, und dort werden wir uns finden.

Weitere Bücher der Autorin bei Amazon:

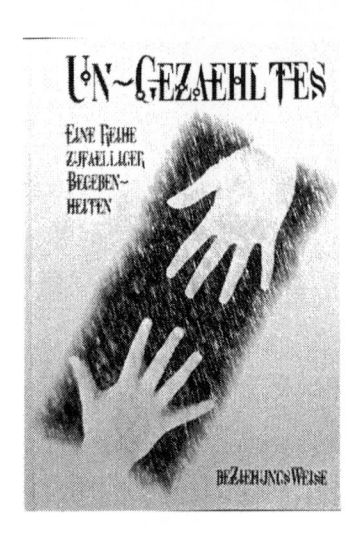

Un-Gezähltes
Eine Reihe zufälliger Begebenheiten

Gibt es denn einen Weg Zueinander?
Kann es je ein Verstehen geben zwischen Dir und mir?
Geschichten über Dich und mich, über das Zueinander und deren Grenzen, zusammengewürfelt und stringent zugleich, wie das Leben selbst.

ISBN-10: 1482094916
ISBN-13: 978-1482094916

Zwischen Dir und mir

Ich habe mich zurückgezogen, in meine Welt der Nacht. Hier erwarte ich Dich, und ob Du kommst oder nicht, hier erzähle ich Dir meine Geschichten – erzähle Dich mir. Hier erzählst Du mir Deine Geschichten – Du Dich mir. Hier erzähle ich Geschichten, reale und fiktive, erlebte und geträumte, erfundene und zugeflüsterte. Hier erzähle ich von all den Wundern der Nacht und des Lebens. In diesem Buch sind die besten Nachtgeschichten vereint. Geschichten über das Miteinander, über Dich und mich, über die Liebe und das Leben, aber auch über den Schmerz und das Leid, die Trauer und das Getrennt-Sein, über Abschied und Neubeginn.

ISBN-10: 1482310504
ISBN-13: 978-1482310503

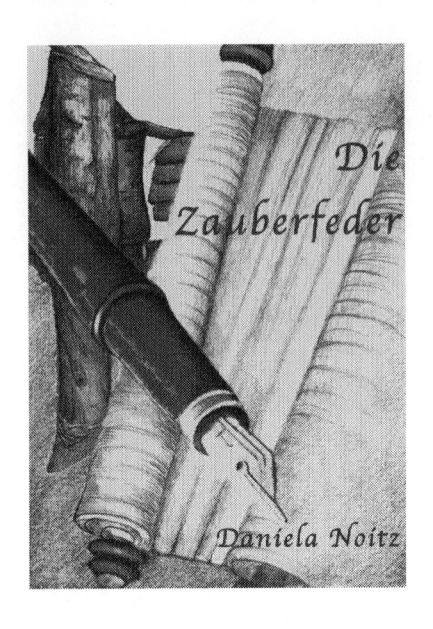

Die Zauberfeder

Rebekka von Kral, die Heldin des Romans, liest und schreibt mit Leidenschaft, ganz zum Leidwesen Ihrer Mutter, Roxana, die ausschließlich an Äußerlichkeiten, Pomp, Tand und gesellschaftlichen Ansehen Interesse zeigt. Rebekkas Stiefschwestern, Rabea und Bertha, scheinen ihrer Mutter nachzueifern. Clemens, Rebekkas Vater, der ein Wissenschaftler ist, sich jedoch seiner Frau gänzlich unterordnet, steht am Rande. Wie trist Rebekkas Lage innerhalb dieser Familie ist, wird daran deutlich, dass ihr ihr Herzenswunsch, eine ganz besondere, rubinrote Feder, nicht erfüllt wird. Dennoch wendet sich das Blatt in diesen Weihnachtstagen für Rebekka völlig. Bertha enthüllt Rebekka ihre eigene, jedoch bisher heimliche, Rebellion gegen die Mutter, und als die ganze Familie am zweiten Weihnachtstag Rebekkas Großmutter, Ada von Kral, ihres Zeichens

Beschützerin und Hüterin der Weltliteratur, besuchen, bekommt Rebekka nicht nur die sehnlichst gewünschte Feder und findet Aufnahme bei ihrer Großmutter, sondern auch Bertha stellt sich auf ihre Seite. Mit Hilfe der Feder und des dazugehörigen Pergaments, die dereinst Rebekkas Urgroßmutter gehört hatten, entdeckt Rebekka ihre Fähigkeit Geschichten in Wirklichkeit setzen zu können, d.h. das, was sie mit dieser Feder auf dieses Pergament schreibt, geschieht wirklich. Diese Fähigkeit wird auch dringend benötigt, denn ein äußerer Feind – es wird angenommen, es handelt sich um Zoticus, einen ehemaligen Mitstreiter Adas – bedroht den Berg der Inspiration, und damit die gesamte Weltliteratur. Bertha, Rebekka und Peter, Adas Assistent, machen sich auf Zoticus unschädlich zu machen, doch als sie diesen in seinem Schloss in Rumänien treffen, stellt sich heraus, dass sie den Falschen verdächtigt hatten.

ISBN-10: 1482301593
ISBN-13: 978-1482301533

Daniela Noitz

Augustinus für Manager

Ein Leitfaden für den Umgang mit den Dingen, mit der Zeit und den Menschen

Augustinus für Manager.
Ein Leitfaden für den Umgang mit den Dingen, mit der Zeit und mit den Menschen

Drei Dimensionen des Umgangs werden im Anschluss an Augustinus besprochen,
1. der Umgang mit den Dingen,
2. der Umgang mit der Zeit,
3. der Umgang mit den Menschen, mit uns selbst und mit anderen.
Im Umgang mit den Dingen stellen wir fest, dass alle Dinge vergänglich sind. Eine Fehlform zeigt sich im Hängen an Dingen als wären sie lebendige Wesen. Darin lässt sich eine Leere erkennen, denn das Ding steht stellvertretend zum Bezug zu anderen Menschen, der offenbar fehlt. Eine weitere Fehlform zeigt sich im Konsumwahn, dem der zweckmäßige Konsum gegenübergestellt wird. Diese Fehlformen im Umgang mit den Dingen entstehen aus dem Verlust Schöpfer zu

sein, Schöpfer, der sich in seinem Werk wiederfindet. Dieser Werkcharakter ging mit der modernen, industriellen, arbeitsteiligen Produktion verloren. Der Werkcharakter kann insofern wiedergewonnen werden, als wir anstelle eines handgreiflichen Werks Ziele setzen, die wir erreichen wollen, und die wir eigenverantwortlich anstreben. Die Zeit ist etwas, worüber ich irgendwie immer schon Bescheid weiß, weil ich tagtäglich damit umgehe, und doch nicht weiß, was sie ist. Zeit ist, so haben wir festgestellt, vergangene, gegenwärtige und zukünftige, genauerhin vergangene Gegenwart, gegenwärtige Gegenwart und zukünftige Gegenwart, denn die Vergangenheit gibt es nur als erinnerte Gegenwart, d.h. in unserem Erinnern wird eine Zeit gegenwärtig, die nicht mehr ist, die Zukunft gibt es nur in unserem Planen als vorweggenommene, d.h. antizipierte Gegenwart, und nur die Gegenwart ist. Wir müssen über das Verstehen der Zeit wegkommen von der Fixierung auf die mechanisch, mit der Uhr gemessenen Zeit, hin zu einer Zeit mit menschlicher Qualität, d.h. einem Zeitverständnis, das der menschlichen Erfahrung entspricht. Dies ist darin zu erreichen, dass der Mensch als Erlebender seine Zeit qualifiziert, und nicht die Zeit ihn. Der Umgang mit dem Menschen setzt die Kenntnis über den Menschen voraus. So ist der Mensch der Fragende, der seine Umwelt tätig bearbeitet, also auf sie zugehen muss und sie verstehen will, wobei der Mensch darin nicht eins ist, sondern eine Dreiheit als Körper, Geist und Seele, die in ihm widerstreiten, so wie im Menschen drei Kräfte wirken, leben, wollen und wissen. Diese drei Kräfte werden im Denken geeint, wobei unter dem Denken nicht nur das rationale, sondern auch das emotionale verstanden werden soll, das den Menschen erst ganz macht. Als

Mensch strebe ich, und zwar letztendlich dorthin glücklich zu sein. Auf dem Weg gibt es vieles, was mich ablenken könnte, was der echten Erkenntnis im Wege steht. So versuchen wir die emotionale Leere des aufgeklärten Zeitalters durch Aberglauben zu füllen. Nehmen wir jedoch unsere Welterfahrung, unsere Erfahrung als uns selbst in der Welt, und unsere Ich-Erfahrung ernst, dann führt uns das dorthin, dass die Leere nur im Bezug zum Anderen lebendig gefüllt werden kann. Im personalen Bezug spielt die Sprache eine sehr zentrale Rolle, doch die wichtigste Voraussetzung ist die Liebe, die Liebe als aktive Achtung des Anderen. Erst wenn wir aktiv lieben, können wir uns Augustinus anschließen, wenn er sagt, dass wir als Liebende tun sollen was wir wollen

ISBN-10: 1482306751
ISBN-13: 978-1482306750

Printed in Poland
by Amazon Fulfillment
Poland Sp. z o.o., Wrocław